Christian Wagner

Blühender Kirschbaum

Christian Wagner-Warmbronn

Christian Wagner

Blühender Kirschbaum

Gedichte

Jürgen Schweier Verlag

Herausgegeben von Jürgen Schweier

Die Texte werden in der ursprünglichen Fassung
und Schreibweise Christian Wagners
wiedergegeben – so, wie er sie als Grundlage seiner
Buchveröffentlichungen zwischen 1884 und 1908 in
seine Manuskripthefte geschrieben hat.

Gewidmet ist dieses Buch
Albrecht Goes, Werner Kraft und Agathe Kunze.

Rosenbestattung.

Ward ich doch in deinem Strahlenschoße
Schöner dich, gebenedeite Rose:

Mir hinwelken sind des Lebens Sterne,
Möchte widerwillig doch so gerne

Auch einmal in solchen Maientagen
Rosenfreundlich deine Fackel tragen,

Selbst einmal in diesen grünen Bäumen
Rosenroth in mildem Licht verträumen.

Christian Wagner.

Kannst du wissen, ob von deinem Hauche
Nicht Atome sind am Rosenstrauche?
Ob die Wonnen die dahingezogen,
Nicht als Röslein wieder angeflogen?
Ob dein einstig Kindesathemholen
Dich nicht grüßt im Duft der Nachtviolen?

Birken

Das sind Waldestöchter, diese weißen
Feinen Leiber die wir Birken heißen,
Mädchengleich in schlanke Form sich zwängend,
Mädchenhaft die Flechten niederhängend.

Hört was euch der Sänger wünschen möchte,
Töchterschaar mit maiengrüner Flechte:
Wünschen möcht er, daß der Sommer nimmer
Bleichen möchte euren Maienschimmer.

Wiesenblumen

Wandrer stehe! Kennt dein harter Sinn
Kein Erbarmen mit den holden Kleinen?
Blicke tiefer in ihr Auge hin,
Und die Ihren blicken in die deinen.

Und ist nicht dein Fuß wie festgebannt
Wann sich bittend ihre Häupter regen?
Wandrer stehe! Dieß ist heilges Land!
Wandrer kehre! Geh auf andern Wegen!

Lied des Braminen

Willst du zählen zu den Erdenreinen,
Den Braminen die im Licht sich einen,
Zu den Auserwählten, –mußt du lieben,
Und dich täglich im Erbarmen üben.

Heilig ist der Leib und was lebendig
Sei dein Wahlspruch immer und beständig;
Vor dem heilgen Leib sollst du dich scheuen,
An des Leibes Kunstwerk dich erfreuen.

Pflanzen sollst du ausgerauft zertreten
Sorgsam in die Erde wieder betten;
Findest du am Weg ein hilflos Wesen,
Nimms in Pflege bis es ist genesen.

Werden Thiere dir am Weg begegnen,
Auf die Hände hebe sie zu segnen;
Speise sollst du immer bei dir haben,
Schmachtende und Hungernde zu laben.

Keine Mühe sollst du jemals scheuen
Vögel und Gefangne zu befreien;
Keine Kosten auf den Markt zu wandeln,
Junge zu den Müttern rückzuhandeln.

Willst du zählen zu den Erdenfrommen,
Pflanze Bäume dieß ist Gottwillkommen,
Auf die Berge, daß von grüner Höhe
Ein Entsühnungshauch herniederwehe.

Wird ein Kindlein dir geboren, pflanze
Einen Baum dafür; – in seinem Glanze
Weile gerne. – Wann er blüht und grünet
Denke freudig daß dein Kind entsühnet.

Nicht der Blumen breche oder knicke;
Bleibe, stehe, labe deine Blicke
An den Jungfraun deren Wonneleben
Ach so bald wird in das Nichts verschweben.

Bleibe ferne von den Mordgesellen,
Die die heilgen Schattenbäume fällen,
Und sich selbst und ihren Kindeskindern
Trostverachtend die Entsühnung mindern.

Bleibe ferne weg von allen denen
Die der Satzung und dem Rechte fröhnen,
Und erfüllt von deren taubem Grimme,
Nimmer achten der Erbarmung Stimme.

Doch nicht immer sollst du duldend schweigen
Gegen Mörder sollst du muthig zeugen;
Mit der Wahrheit scharfen Hagelwettern
Schlossenartig sie zusammenschmettern.

Hast du alles dieses treu gehalten,
Jahrelang in deinem Lebenswalten,
Darfst du frisch und darfst du freudig wagen,
Des Entsühnten grünes Kleid zu tragen.

Und es wird von heut auf deinem Gange
Weder Tiger, Panther oder Schlange
Dich verwunden, weder Mittagsbrennen
Weder Hagel dich verletzen können.

Lägest du auch fieberkrank und hager,
Stände selbst der Tod vor deinem Lager,
Weichen muß er, bis du endlich selber
Altersschwach und immer altersgelber

Matt und erdenmüde Botenvögel
Lässest steigen mit dem Schwanensegel,
Die da heischen für den Lebensmüden
Todesfrieden. – Und wenn du geschieden

Werden Jünger kommen, werden Scheiter
Um die Leiche schichten froh und heiter;
Werden sprechen bei dem Sprühn der Funken:
In das Lichtmeer ist er jetzt versunken.

Kalifenbraut

O Tulpe du! O du Kalifenbraut!
Im Kleid des Islam dich mein Auge schaut,
Voll wilder Glut und voll von Farbenpracht,
Und mährchenduftig wie die Mondesnacht.

Nachtduftende Orchis

Warens Blumen mit den wunderbaren
Silberhellen kleinen Flügelpaaren?
Oder warens fragt ich Blumenengel,
Hingeheftet an die Blüthenstengel?

Warens Blumen die beim Mondenschimmer
Mir mit Duft erfüllt mein kleines Zimmer?
Oder hatten durch die Nacht geklungen
Traumhaft süsse Ueberlieferungen?

Hundertthoriges Zion

Was kein Aug gesehen hat,
Und kein Ohr gehöret,
Von der ewgen Gottesstadt
Mich der Geist belehret:

Pilger spricht er: Schau empor!
An der Ros im Kleinen
Siehest du der Engel Chor
Vor dem Herrn erscheinen.

Diese Fäden, die so klar
Hier den Kern umgeben,
Sind der Seraphinen Schaar
Die den Thron umschweben.

Und statt deren Lobgesang
Nimm der Düfte Lieder
Gleich ist ihrer Seelen Drang
Nur nicht ihr Gefieder.

Sieh, und wie am Außenrand
Blätter rosenfarben:
Heilge sinds vom Erdenland,
Die im Glauben starben.

Die umstehn den selgen Kreis
Mit getrostem Muthe;
Eingetaucht die Kleider weiß
In des Lammes Blute.

Duft und Töne

Von der Sprache
Auf der Sterne
Weiten Gründen
Will ich schwache,
Will ich ferne
Botschaft künden.

Nicht in Worten
Hart und spröde
Ohne Schöne;
In Akkorden
Klingt die Rede
Ihrer Söhne.

Hoch in vollen
Süssen Tönen
Auf und nieder,
Wogt ihr Wollen
Und ihr Sehnen
Hin und wieder.

Hin in trauten
Harfenklängen
Abwärts schwebend,
Her in trauten
Duftgesängen
Antwort gebend.

Und so fragend
Und so bringend
Kehren wieder
Antwortsagend
Fragesingend
Duft und Lieder.

Und der Bramine sitzt am See und sinnt
Schaut stundenlang, indeß die Zeit verrinnt
Der Lotosblume Gottesangesicht
In süssem Träumen und ergründets nicht.

Blühendes Mohnfeld

Wo auf Erden wär es, wo es gäbe
Solcher Zelte schimmernde Gewebe,
Dieser Mohngezelte weißen weichen
Köstlichen Geweben zu vergleichen?

Wo auf Erden glänzte von den Hügeln
Bunt und fleckig gleich den Falterflügeln
Jemals so der Padischah Gezelte,
Wenn der frische Morgenwind sie schwellte?

Aus den Vedas

Doch Eines ist, was ihn allein beengt
Und Eines ist, was er allein begehret:
Abwerfen möcht er, was den Geist beschweret
Was ihm als Bleigewicht am Gürtel hängt.
Er sieht der Flotten braune Mattensegel
Hinschweben nach dem perlenreichen Meer,
Und hoch darüber, fern von Süden her,
Zahllose Schaaren frommer Wandervögel;
Den Adler sieht er kreisen und es schwirrt
Die heilge Taubenschaar um die Pagode,
In satter Wonne, wonnig bis zum Tode,
Der Schmetterling die blaue Luft durchirrt;
Und er, er muß am Boden fest sich kleben,
Der Made gleich, indessen geistverjüngt
Im Zukunftsglanze schimmernd und beschwingt,
Zahllose Falter durch den Aether schweben.
Der edle Renner Menschengeist genannt
Ist minder noch als Motte selbst geflügelt,
Es hält den Renner fast zu streng gezügelt,
Des ungeformten Zwergen steife Hand.
Doch wenn einmal das ungestümste Sehnen
Den Zukunftsmenschen ganz und voll erfaßt,
Jahrtausende getragen noch die Last,
Des Madenleibes und der Geistesthränen;
Dann baut den Leib im langen Zeitenlauf
Die Seele anders, baut ihn ohne Mängel,
Und wie der Falter von dem Blumenstengel
So schwebt der Erde Jüngstgeborner auf.

Früchte

Rosig glühn
Aus dem Grün
Pfirsiche, dort nickt die Traube,
Purpurn aus dem Rebenlaube.

Lieblich winkt,
Golden blinkt
Hier die Birne, dort die Quitte
Aus des dunklen Laubes Mitte.

Dunkelblau
Und vom Thau
Noch befeuchtet liegt die Pflaume
Hingestreut am Wiesensaume.

Menschenthum

Euch schönen Sünderinnen meinen Gruß!
Euch die ihr zitternd und voll Liebesbangen
Gestillt der Liebe stürmisches Verlangen,
Und Lipp um Lippe botet für den Kuß
Und der Umarmung seligen Genuß;

Euch schönen Sünderinnen thränenfeucht
Will ich als Priester Gottes hier verkünden
All die Vergebung eurer Liebesünden;
Weil ihr dem Dürstenden so gern und leicht
Den schaumbenetzten süssen Kelch gereicht,

So tilg ich mit dem Kelche des Vergebens
Von euren Lippen eure Schuld des Lebens.

Qual ist Zersetzung. Qual schafft wieder Qual,
Nicht einmal, zehnmal, sondern tausendmal,
Gleich Unkrautsaat, vom Wirbelwind bei Nacht
Umhergestreuet und vertausendfacht.

Qual ist Zersetzung, und der Haß der trennt;
Wär nicht der Liebe bindend Element
So allgewaltig, längst wär alle Welt
Von Qual zerfressen und zu Stein vergällt.

Daß der Mensch die Wunderschrift verstehe,
In dem heilgen Buche der Natur,
Und das Gotteswandeln in der Flur
Mit den eignen Gottesaugen sehe.

Von den Augen nehme weg die Binde,
Von den Sinnen nehme weg den Bann,
Daß das Seine er mög kennen dann,
Das Verlorne freudig wiederfinde.

Und willst du Sold von mir, und willst du Lohn,
So bist du Liebling nicht, und nicht mehr Sohn,
So bist du Söldling nur, so bist du Knecht,
So lohn ich dich nach Brauch und Herrenrecht.

Und steht es so, so will ich lieber nicht –
So sprach beschämt ich in dem Traumgesicht –
Sold oder Löhnung, nur den einzgen Lohn,
Daß ich dein Liebling bleiben darf und Sohn.

Blühender Kirschbaum

Ungezählte frohe Hochzeitsgäste
Groß und kleine, einfach und betreßte;
Herrn und Frauen, Edelfräulein, Ritter
Ungezählte Väter wohl und Mütter;
Ungezählte Kinder, Großmatronen,
Jägerinnen viel und Amazonen,
Freche Dirnen wohl mit Ernsten Frommen,
Auf dem Edelhof zusammenkommen.

Ungezählte bräutlich schöne Zimmer
Da und dort wohl mädchenhafter Flimmer
Ungezählte rosge Hochzeitsbetten
Und daneben heimlich traute Stätten;
Rosenfarbig ausgeschlagne Stübchen
Für die Harfnerinnen und Schönliebchen;
Ungezählte Schalen mit Getränken,
Ungezählte Köche wohl und Schenken,
Ungemessner Raum zu freiem Walten
In dem Hochzeitshause ist enthalten.

Ungezähltes Kommen oder Gehen,
Abschiednehmen, Kehren, Wiedersehen,
Essen, Trinken, Tanzen, Liebesgrüßen,
Liebgewordnes wohl umarmen müßen;
Ungezähltes inniges Umfassen,
Götterfreies wohl gewähren lassen;
Ungezähltes Leid- und Selbstvergessen
In dem luftgen Saale, – – währenddessen
Ungezählte selige Minuten
An dem Freudenheim vorüberfluthen.

Wiederkehr

Aus dem tausendjährgen Schlafe sind sie endlich
halb erwacht,
Und sie treten an das Gitter wo der helle Morgen
lacht:
Sagt, wer hält uns hier gefangen? Eingeschlossen?
Ruft das Heer,
Nach der Heimath all wir wollen, rufts von allen
Seiten her.

Und da sieh, in ihre Mitte freundlich ernst ein
Alter tritt,
Und er bringt an seiner Seite einen schönen
Jüngling mit;
Meinem Schließer ruft der Alte, meinem Schließer
daß ihrs wißt,
Ueber euch Gefangnen alle meine Macht
gegeben ist.

Laß uns heim so ruft die Menge! Thöricht kindisches
Begehr!
Nach der Heimath wollt ihr Armen? Eure Heimath
ist nicht mehr!
Nach der Heimath wollt ihr Thoren? Eure Heimath
kennt euch nicht!
Eure Zeit sie ist vergangen, ist verschollen,
ist Gedicht!

Auf der Heimath Boden wandelt, nun ein anderes
Geschlecht
Anders in Gestalt und Sitten, anders in Gesetz
und Recht;
Würde so ich euch entlassen wie ihr wart dereinst
vorzeit
Würd es euch nur Kummer bringen, Schmerzen viel
und Herzeleid.

Doch ich ehre eu'r Verlangen, und den frommen
Heimwehzug;
Nach der Heimath dürft ihr alle, das sei euch
für jetzt genug;
Meinem Schließer ists befohlen, daß bebändert
und betreßt,
Schön und schmuck wie Königskinder nach der
Heimath er euch läßt.

Andre Kleider müßt ihr tragen, neue Kleider sind
bestellt,
Die da taugen in das Leben, die da passen
in die Welt:
Farbge Mützen, grüne Tücher, Kronen wohl auf
manches Haupt,
Nicht mehr Pelze, noch Gewänder, die von Moder
sind bestaubt.

Und so mögt ihr wiederkehren nach der einstgen
Feuerstatt,
Nach dem Hofe, nach dem Brunnen, da der Fuß
gewandelt hat,
Nach dem Felde das vorzeiten, einst beackert euer
Pflug,
Nach dem Walde wo gerastet ihr beim blutgen
Fehdezug.

Und so mögt ihr wiederkehren, wartend an den
Pfaden stehn,
Fromme Menschenaugen grüßen, frommer Menschen
Gruß verstehn;
Nach den Fensteraugen winkend, klimmen an der
Wand empor,
Neuer Zeiten Athem trinkend; – Schließer Lenz,
mach auf das Thor!

Schlummerfrist

Lüft mir den Vorhang, daß ich möge künden
Das Schicksal derer in den Schattengründen,
Der Tausende, die täglich scheu und bang
Die stillen Todespfade gehn entlang:
Sie finden Ruhe in den stillen Hallen
Vom mühevollen bangen Erdenwallen,
Doch weil auf Erden alles endlich ist,
So muß auch enden ihre Schlummerfrist
Wohl keine Nacht ist, die da ewig währet.

Wann alles Alte längst vergessen ist,
In der Erinnrung alles ausgewischt,
All das Vergangne völlig aufgezehret,
Dann kommt die Zeit, daß das was übrig ist
Von Lenzgefühlen wundersam durchfrischt
Als neuer Keim ins Leben wiederkehret.

Blumenevangelium

Wie der Weise in der Schrift
Grauer Tempeltrümmer
Les ich in der Waldestrift
Und im Blumenflimmer
Längstvergangnen Haß und Fluch,
Längstvergangnes Lieben,
Alles in dem Blumenbuch
Sorgsam aufgeschrieben.

Kehr ich von dem Grabgefild
Klagen und Beweinen,
Les ich Worte tröstlich mild
Worte vom Vereinen;
Selge Worte, roth wie Gold
Stehn auf grünem Grunde,
Künden mir so wunderhold
Von erneutem Bunde.

Wann vom Streit des Lebens matt
Oftmals still ich stehe,
Erdenmüde, lebenssatt
Mich im Wald ergehe,
Schauen mich so tröstend an
Freundliche Gestirne,
Fragen was man mir gethan,
Und warum ich zürne?

Und wohin er tritt mein Fuß
Auf der Flur der weiten,
Hör ich fernen Liebesgruß
Aus vergangnen Zeiten;
Und wohin mein Auge fällt
Seh ich Fahnen schweben,
Grüne Botschaft aller Welt
Von dem Schuldvergeben.

Alles stehet ahnend still
Vor der neuen Lehre,
Was der Geist noch schaffen will
Zu des Schöpfers Ehre:
Alles stehet ahnend stumm,
Alles will sich freuen,
Auf das Evangelium
In der Welt der neuen.

Lasset euch künden:
Es soll verschwinden
Die Qual der Erde,
Daß Friede werde.

Kind und Katze

Wohl eigenen Gespielen hast du hier
Kind auserwählt in deinem Wiegenleben:
Die bunte Katze spielt mit deren Stäben
Alltäglich liegt ihr Tigerfell bei dir.

Schutzengel meines Kindes scheinst du mir,
In thierischer Gestalt ihm beigegeben,
Daß es erzittern nicht, noch möge beben
Vor dessen Glanz und dessen Strahlenzier.

Das gefeite Haus

Hauslaubrosetten auf dem Dache feien
Leutholdens Haus auf seinem Hof dem freien.

Weinranken wohl, daneben Epheureben
Das alternde Gemäuer dicht umweben.

Und Vordach, Stall mitsammt dem Ziehebronnen
Von Holderzweigen schattend ist umsponnen.

Und Mann und Weib und Kinder sind am Mahle,
Zwei schwarze Katzen schlürfen aus der Schale.

Vom Birnbaum in dem Hofe plaudernd spähen
Neugierig nieder wohl ein Paar der Krähen.

Dazwischen tönt das lärmende Geflatter
Der Hühner und der Tauben aus dem Gatter;

Dazwischen noch das fröhliche Gesinge
Der Lerchen, Finken und der Emmerlinge;

Denn was da kam geflogen und geschwommen
Ward hier im Hofe gastlich aufgenommen;

Zur Winterzeit stand offen stets die Tenne,
Den Vöglein aus dem Wald, der Gans und Henne.

Doch als die Seuche durch das Dorf gewüthet,
Von Engelswachen ward dieß Haus behütet;

Am Fenstersims da standen beieinander
So waffenprächtig Nelk und Oleander;

Und ein Gewoge wars von grünen Heeren,
Mit Schilden und mit Helmen und mit Speeren.

Ob auch der Tod gewandelt in den Gassen,
Die heilge Wacht hat ihn nicht eingelassen.

Am Fenstersims da standen noch beisammen
Ihn abzuweisen selge Rosenflammen.

Dich Wiese, dich Rain mit dem Rosenhag!
Dich lieb ich immer bei Nacht und Tag;
Dich Tannenwald aber, dich Birkenhain!
Dich lieb ich erst bis ins Herz hinein.

Tröstungen

Ist ein Liebes deinem Aug entschwunden
Suche nimmer nach ihm Nacht und Tag;
Wann du findest was dich lieben mag,
Hast du das Verlorne neu gefunden.

Was dir Liebe zubringt ist dein eigen,
Ist dir Gatte, ist dir Kind und Freund;
Wenn es auch in seiner Thorheit meint
Das Erkennungswort dir zu verschweigen.

Klage nicht so trostlos Mutter, nimmer
Bei des Lieblings schmerzlichem Verlust;
Sieh! Ein andres Kind sucht deine Brust,
Wein o wein o Mutter, doch nicht immer.

Jede Blume will dein Auge trösten,
Jede Opferschale sendet Duft;
Jede Blüte die sie deckt die Gruft
Ist ein Gruß von deinem Früherlösten.

Falter und Blume

1.

Falter und Blume gleichen sich sehr:
Falter der frohe und franke
Erlöste Gedanke flattert daher
Ohne Grenze und Schranke; –
Aber die Blume, die Blume ist der
Noch unerlöste Gedanke.

2.

Von der Qual der Erde scheidet Freude
Aus sich wohl im bunten Falterkleide;
Von dem Schmerz der Erde scheidet Wonne
Aus als Kelch sich und als Blumensonne.

1. Schneien

Die Flur hat sich die Augen trüb geweint,
Da stürmt die Wolkenschwester um die Ecke,
Und deckt sie zu mit frischgewaschner Decke,
Stürmt wieder fort, da sie sie schlafend meint.

Und Mutter Sonne kommt, und lacht und schilt:
Muß ich mein Kind so eingewickelt wissen?
Und rückt hinweg von Decken und von Kissen
In die der Wildfang es hat eingehüllt.

2. Thauen

Schwarz ist der Wald und schwarz die Wolkenhand
Vom Windeschüren; – horch, die Dächer tropfen,
Die Wäscherinnen an das Fenster klopfen,
Denn eingeweicht ist rings das Flurgewand.

Und ab und zu gehts fast die ganze Nacht;
Waschküche ist das ganze Land geworden;
Doch gegen Tag, da hat ein Wind aus Norden
Die Wäsche weiß und trocken wohl gemacht.

Land und Meer

Baue deine Wohnung daß du schauest
Bei dem Sonnenaufgang übers Meer,
Daß dir werde deine Seele hehr
Du an seiner Hoheit dich erbauest.

Baue deine Wohnung daß du blickest
Bei dem Sonnenuntergang aufs Land,
Daß du an dem blumigen Gewand
Seiner holden Schönheit dich erquickest.

Daß dir Stärkung werde in der Frühe,
Und Erhebung bei dem Wellenschlag,
Daß beim Schauen auf das Blumenhag
Du vergessest deine Tagesmühe.

Weihnachtsmähre

Zur Weihnachtszeit
Tief wegverschneit,
Durch Wald und Tann
Geht heim ein Mann.

Es blinkt das Eis,
Der Schnee macht weiß,
Der Mond scheint hell,
Auf freier Stell.

Rings Hürden stehn,
Und Schafe gehn
Im tiefen Schnee
Wie sonst im Klee.

Kein Schäfer weit
Ringsum und breit,
Kein Hund dabei,
Kein Laut, kein Schrei.

Und alle schaun
Ihn an o Graun,
Umstehn ihn dicht
Beim Mondenlicht.

Er betet leis
In ihrem Kreis,
Er betet warm:
Daß Gott erbarm!

Und Wort für Wort
So tönt es fort,
Rings in der Rund
Von Mund zu Mund.

Ein Stimmlein spricht:
Verlaß uns nicht!
Du bist es doch
Der unser Joch

Nun jetzt zerbricht?
Der Heiland? – Nicht?
Den wir so lang
Ersehnt so bang?

Drum kommen wir
Zusammen hier,
Und haben oft
Auf heut gehofft.

Das Letztemal
Im Haidenthal,
Als Weihnacht war
Vor tausend Jahr.

Daß Gott erbarm!
Stöhnt auf der Schwarm;
Er ist es nicht!
Ums Haupt kein Licht!

O weh! O weh!
Weints von der Höh,
Und wimmert rund
Im Tannengrund.

In Wölklein klar
Zerfließt die Schaar,
Löst sich in Duft;
Ein Stimmlein ruft:

Fahr Hoffen! Fahr! – –
In tausend Jahr
Im Eibenthal
Das Nächstemal.

Oswalds Vermächtniß

Wohl genug ists, daß die Menschheit grausend
Marterwege wandelte Jahrtausend,
Zeit nun ists, daß sie befreit von Sorgen,
Jetzund feire Auferstehungsmorgen.

Zeit ists daß das Nachtgestirn verglühe,
Lerchen schmettern in der Morgenfrühe,
Und der junge Tag mit freudgen Schlägen
Eilt der Sonne und dem Glanz entgegen.

So auch du mein Sohn: Nicht gilts zu liegen
Mach dich auf den Weltkreis zu besiegen,
Von des Geistes freudgem Flügelschlagen
Mehr und mehr zum Licht emporgetragen.

Daß im Fluge du nicht mögst ermatten
Magst du kreisen ob der Schönheit Matten;
Niederschwebend von dem Flug nach Osten
Jede Freude die dir rein ist, kosten.

Dein ist Alles, all und jede Wonne,
Wann sie aufgeht dir als eigne Sonne;
Jeder Tag vom Licht emporgetragen
Wann er aufgeht dir als eignes Tagen.

Dein ist Alles, all der Blumen Glühen,
Wann hervor sie aus dir selber blühen;
All die Rosenknospen auf der Erden
Wann sie Rosen in dir selber werden.

Dein ist Alles, all der Lieder Singen
Wann heraus sie aus dir selber klingen;
Jeder Schlag der selgen Philomele
Wann er hallt aus deiner eignen Seele.

Dein ist Alles, was in Thal und Hügeln
Lichtvoll sich in dir kann wiederspiegeln;
Dein die Himmel selbst, und selbst die Sterne,
Wann du Glanz hast für den Glanz der Ferne.

Bist du adlergleich heraufgekommen,
Alles Schöne in dich aufgenommen,
Göttertrank gekostet so im Fluge
Auf dem Sieges- und Erobrungszuge;

Liegt das Vorurtheil, das Wahnbefangen
Zu den Füßen dir als kriegsgefangen,
Stehst du fast als wie ein Weltenmeister
In der Hand den Feldherrnstab der Geister.

Tausendmalen werd ich Schlafen gehen,
Wandrer ich, so müd und lebenssatt;
Tausendmalen werd ich auferstehen,
Ich Verklärter in der selgen Stadt.

Tausendmalen werd Vergessen trinken
Wandrer ich an des Vergessens Strom;
Tausendmalen werd ich niedersinken,
Ich Verklärter in dem selgen Dom.

Tausendmalen werd ich von der Erden
Abschied nehmen durch das finstre Thor;
Tausendmalen werd ich selig werden,
Ich Verklärter in dem selgen Chor.

Ostersamstag

Wie die Frauen
Zions wohl dereinst beim matten Grauen
Jenes Trauertags beisammen standen,
Worte nicht mehr, nur noch Thränen fanden;

So noch heute,
Stehen als in ferne Zeit verstreute
Bleiche Zionstöchter, Anemonen,
In des Nordens winterlichen Zonen:

Vom Gewimmel
Dichter Flocken ist er trüb der Himmel;
Traurig stehen sie die Köpfchen hängend,
Und in Gruppen sich zusammendrängend.

Also einsam,
Zehn und zwölfe hier so leidgemeinsam,
Da und dort verstreut auf grauer Oede,
Weiße Tüchlein aufgebunden Jede.

Also trauernd,
Innerlich vor Frost zusammenschauernd,
Stehn alljährlich sie als Klagebildniß,
In des winterlichen Waldes Wildniß.

Das Kind ist wahr. Sein Seherauge sieht
Die Wahrheit die dem Alter meist entflieht
Es hat die Weisheit die vom Himmel stammt
Ist weiser als die Weisen insgesammt;
Ist ein Krystall in dem das ewge Licht
Sich nimmermehr in falschem Glanze bricht.

Meine Bitte

Zerbröckle wenn ich todt bin, sel'ges Licht!
Zu Werktagsschlacken mir mein Wesen nicht!

Zu duft'gen Blumen in dem Lenzgefild,
Und zu der Rosen hohem Schönheitsbild

Und zu der Lieder sel'gen Melodien,
Schallwellen die durch Menschenseelen ziehn,

Und sie erheben in der Andacht Dom,
Wollst du verwenden jedes Staubatom!

Mein Gethsemane

Nun mein Flehen findet nicht Erhörung,
Bleibt mir übrig nur die Selbstzerstörung. –

Also sprach ich, an das Schicksal klagend,
Also sprach ich an mir selbst verzagend;

Also sprach ich, längs der Lichtung schweifend,
An dem See im Walde jetzo streifend;

Also sprach ich, als ein Schönheitsbildniß
Vor mir auftaucht aus der Tannenwildniß:

Schlanken Wuchses, hochgewachsnen Leibes,
Eine stolze Prachtgestalt des Weibes:

Dunkle Flechten von dem Scheitel fallend,
Das gebräunte Angesicht umwallend;

Stolze Hoheit auf der Stirne thronend,
Holder Liebreiz auf den Lippen wohnend,

Mit den Flammenaugen mich erkennend,
Süßen Tones mich beim Namen nennend:

„Nicht verlangend nach den Wassern schaue!
Heimwärts kehre! Dem Geschicke traue!

Kein Verstecken an dem Nachtgestade!
Vorwärts schreite auf des Siegers Pfade!

Können Wolken dir dein Ziel verhüllen?
Deine Sendung eile zu erfüllen!

Vorwärts denn, – und sollst du untergehen,
Will ich tröstend dir zur Seite stehen!“

Des Lichtstrahls dreifache Töne
Sind wohl der Quell alles Seins:
Das Wahre, das Gute, das Schöne,
Und diese Dreie sind Eins.

Und wer dem Wahren und Schönen
Und Guten sein Leben geweiht,
Der zählet zu Gottes Söhnen,
Und bleibet in Ewigkeit.

Rosenlied

Nach den Rosengärten möcht ich wallen,
Andachtsvoll in ihnen niederknieen,
Lauschen all den Rosenmelodieen,
Die an meinem Geist vorüberhallen.

Lauschen all den süßen Himmelsworten
Von den frommen Lippen der Madonnen,
Um gesättigt so von Schönheitswonnen
Selig zu verlassen diese Pforten.

Auf der Burgruine*

In dem Neste
Droben auf dem Fels ein Sänger* lag,
Eingekerkert dort schon Jahr und Tag
Auf der Veste.

Aus dem Kerker
Brach er einst bei mitternächtger Weil,
Wollt herab sich lassen an dem Seil
Von dem Erker.

Doch zerschmettert
Fanden ihn die Wächter Morgens schon;
'S war im Spätherbst, als der Buchen Kron
Laubentblättert. –

Aus den welken
Grauen Flechten die sein Blut benetzt,
Sind nun aufgesproßt und blühen jetzt
Felsennelken.

Aus den Moosen
Aus den Steinen die sein Blut bespritzt,
Sind nun aufgesproßt und blühen itzt
Skabiosen.

---

* Hohen-Urach.

* Nikodemus Frischlin † 1590.

Augenspiegel*
Schweben um die Nelk und Skabios,
Um die weiß und rothe Waldesros
Auf dem Hügel.

Augenspiegel
Schweben hier im blauen Freiheitssaal
Blutge Tröpflein wie ein blutges Mal
Auf dem Flügel.

Laß das Trauern!
Von des Leibes Banden ausgeschirrt,
Seine Seele nun als Falter irrt
Ob den Mauern.

---

* Der Falter Apollo.

Der gefällte Wald

Wo sie den heilgen Eichenwald gefällt,
Da stehen Stümpfe, ringsum Stock an Stock,
Und Pilze sind auf dem und jenem Block
Als irdne Thränenkrüglein hingestellt.

Und Thau und Regen füllt sie spät und bald,
Und wann vorüber hier das Wetter rollt
Hier mehr wie sonst des Donners Bannfluch grollt,
Hier mehr wie sonst der Blitz durchzuckt den Wald.

Wie einen Kaiser einst ein altes Weib
So hält geringes unscheinbares Moos
Mitleidig nun als Leichen in dem Schoos
Der Wälderfürsten wunden Heldenleib.

Wie Sterbgestöhne hallts aus dem Geäst
Und da und dort schleicht Einer stumm vorbei,
Und lauscht des Regnens Trauermelodei,
Und hört die Vöglein klagen aus dem Nest.

Auf der Lichtung

Sommermittag auf dem Hochwald brütet,
Aber auf der Lichtung treu behütet
Vom Geflechte dunkler Brombeerranken
Wachen auf des Waldes Lichtgedanken.

Falter sind es, die so farbenprächtig,
Auf der Lichtung, sonnig halb und nächtig
Diese Brombeerblüthen still umbeben,
Purpurdisteln geistergleich umschweben.

Sagt mir an ihr stillen Geisterfalter
Auf der Lichtung: Wie viel Zeitenalter
Ihr im Banne laget bei den Todten,
Eh ihr wurdet solche Wunderboten?

Adoption

Da wir begraben unser einzig Kind,
Da kinderlose Gatten wir nun sind,
So nehmen wir auf der noch kurzen Bahn
Ich dich, du mich an Kindesstatt nun an:

Du theure Gattin seiest nun dafür
Jetzt eine liebe fromme Tochter mir;
Nimm theure Gattin mich dafür als Sohn,
Für diesen an, der dir so früh entflohn.

Aetherfahrt

O schäme dich, zu klagen über Hunger!
Bist eben immer noch ein Erdenlunger.
Vor tausend Jahren aßen wir zu Morgen,
Auf tausend Jahre sind wir noch geborgen.
Gelüstet dichs ein Sternlein aufzuknacken?
Den hungrigen Kometen dort zu packen,
Der dort statt seinem nächtig tollen Schwärmen
Auch besser thät sich seinen Leib zu wärmen?
Er streift soeben an mit der Laterne,
Am Jupiter, in kurzer Meilenferne.

Der steht wohl da wie eine Weltenscheuer,
Doch ists in seiner Nähe nicht geheuer:
Es flattern um das alternde Gehäuse
Planetlein* wohl, als wärens Fledermäuse.
Unfern davon ein Meteorenrasseln,
Wie Maienkäfer von den Bäumen prasseln;
Und seine Monde treten aus den Bärnen*:
Roßknechte sinds mit ihren Stalllaternen,
Roßknechte vier, die nach den Rossen schauen,
Und sie noch füttern vor dem Morgengrauen.

---

* Planetoiden

* Bärnen von Barn. Schwäbisch: Bodenraum einer Scheuer.

Mein Stern

Ich hatte einst meine Sterne
In meiner Nacht,
Die glänzten so nah und so ferne
In goldner Pracht.

Ich hatte einst meine Sonne,
O schöner Tag,
An dem in himmlischer Wonne
Die Welt mir lag!

Die Sonne sank in der Ferne,
Eh ichs gedacht,
Wo bleiben die Sterne, die Sterne
In meiner Nacht?

Ein Stern mit feurigem Schweife,
Blutig und leer,
Geht noch in einsamer Streife
Irrend umher.

Siehst du die blutige Leuchte
Dort in der Fern,
Die mir die Lichter verscheuchte?
Das ist mein Stern!

Berufung

Laß hinter dir die Heimath die dich quält,
Und nicht den Geist begreift der dich beseelt!

Laß hinter dir die Arbeit die dich bückt,
Und deine Frohne die dich niederdrückt!

Laß hinter dir das Dorf drinn du geweilt
Das nichts mit dir als Irdisches getheilt!

Laß hinter dir das Alles, rufet stets
Der Geist in mir, und in die Welt mich wehts.

Ich sah Indiens glänzende Küste, Indiens glänzenden Himmel und Indiens glänzendes Meer. Geblendet und entzückt vom Anschaun ihres Wunderbildes, hatte ich, ich wußte nicht wie, auf einmal ein Buch in meiner Hand. Aber dieses Buch war lebendig wie ein lebendiges Wesen, und seine Decken waren anzuschauen wie Flügeldecken schimmernder Riesenkäfer und seine Blätter wie Schmetterlingsflügel, und ich las daraus folgendes:

Doch gabst du auch dem Menschen zu dem niedern
Ameisenfleiße einen Born von Liedern
Daß er sich labe bei dem Klang der Flöte,
Mit seiner Arbeit nicht den Geist ertödte. –
Wohl hat indeß die pöbelhaften Mengen
Am Eingangsthor sich stoßen und sich drängen,
Abseits im Hause tändelnd wohl verweilet,
Ein Einzelner Jahrtausende durcheilet,
Und stehet auf des Paßwegs Bergeshöhe,
Daß er die schönen Thale übersehe,
Die Brust geweitet und das Auge trunken
Aufs reiche Stromland drunten hingesunken. –
O heilig bist du! Seid ihr! Tretet näher,
Ihr Dichter und Propheten und ihr Seher!
Entdecker, Träger meiner Gottgedanken,
Der rohen Menschheit niedre Erdenschranken
Sind nicht für Euch! – Nicht Bogen und nicht Netze,
Nicht Kaufmannstisch, nicht Bücher der Gesetze,
Nicht Säge noch der Hammer, nur des Denkens
Gottebenbürtge Arbeit, des Versenkens

In mein erhaben heilig Geisteswesen
Zu dem ich meine Söhne nur erlesen.
O laßt sie nur die Erdenknechte trachten
Nach Gold, nach Reichthum, nach den Erdenprachten,
Laßt sie zusammenhäufen, laßt sie scharren,
Belächelt sie als Thoren und als Narren; –
Gönnt ihnen allen ihr verzweifelt Rennen,
Gönnt ihnen ihre Speicher, ihre Tennen,
Gönnt ihnen ihre Schlösser, ihre Tempel
Sie tragen sämmtlich der Vernichtung Stempel.

Ihr seid zu groß um mit der Erde Großen
Die Edelsteine Gottes zu zerstoßen;
Ihr seid zu groß um mit der Erde Kleinen
Den Erdenstaub noch kleinlich zu zerfeinen;
Ihr seid zu groß zum Herrschen und zum Dienen,
Seid meine Söhne, Priester und Braminen.

Kurz ist die Zeit und kurz auch selbst ein Jahr
Für einen Geist der auf der Gottschau war.

Der Welt und Zeit und Endlichem entrückt
Vor überirdscher Schönheit steht entzückt:

Tief unter ihm als selge Waller drehn
Die Sterne sich, die auf und nieder gehn;

Hoch über ihm als Nebelwolkenflaum
Umschiffen ihn im Kreise Zeit und Raum.

Ein selger Brennpunkt liegt dem Aug enthüllt,
Wo aller Mißklang sich im Einklang stillt.

Melodisch strömt seit Ewigkeiten dort
Weltklang zum Einklang hin gereinigt fort.

Wiederbringung

Dieses Gehen, dieses Wiederkommen,
Dieses Wiederkommen und dieß Gehn
Soll dieß nimmer der Erkenntniß frommen
Ueber Trennung wohl und Wiedersehn?

Ist dein Blick noch nie hindurchgedrungen?
Hat dein Ohr die Kunde nie erlauscht,
Daß das Sein bei Alten wie bei Jungen
Stets und ewig nur die Hülle tauscht?

Daß das Leben das da gieng verloren
Daß das Schöne das man trug hinaus,
Nur in andren Formen, andren Thoren
Wieder eintritt in das Vaterhaus?

Daß die Wonnen die dahingezogen
Daß die Freuden die vorbeigewallt
Wohl vielleicht aufs Neue angeflogen
Sei'n in Blumen und in Laubgestalt?

Darum nur sollst du es nicht erkennen
Dein Verlornes in dem bunten Spiel
Daß du Alles mögst das Deine nennen,
Statt des Wen'gen lieben künftig Viel.

Schönheit unverletzlich

Aus zu raufen im Korn das üppig wuchernde
    Unkraut
Wandelt der Flur ich entlang. Von fern schon
    sah ich erglänzen
Blau von Cyanen und tief purpurn vom Mohne
    das Saatfeld.
Zwar mich betrübend darob, doch wonniglich
    schwelgend im Anschaun
Dieser unsäglichen Pracht stand ich: Nicht stör' ich
    den Frieden
Dir o göttliche Flur und heilig sei stets mir
    die Schönheit
Mir unverletzlich zugleich! – Gern miss' ich
    die fehlenden Garben! –
Sprachs, und kehrete heim, stillfreudig
    und göttlich gehoben.

Vergebliches Rückerinnern

Nordlandsbirken zu drei'n stehn dort auf sumpfigem
Haidland
Nahe dem Ufer des Sees. Am rissigen Stamme
der höchsten
Lehn' ich, und sinn ich, und lausch verklungenen
Stimmen der Fernzeit
Dort aus der Ewigkeit nach. –Denn: Bin ich nicht
selber bei Vielem
Einst schon gewesen und weckt melodisches
Blättergesäusel
Nicht die Erinnerung mir? –Ach freilich: Dunkel
entsinn ich
Mich der vergangenen Zeit, doch schwindelt
das Hirn mir. –Verzichtend
Raff' ich empor mich. Zu schwer Allwissender
ist mir der Faden.

Glück, herrenloses

Glück erfleh ich von Gott. –Doch herrenloses,
 und nicht ein
Andern gehöriges Glück. –Denn niemals möcht' ich
 ein Glück das
Anderen kostet Verzicht. –Nur Glück aus dem Schooße
 der Gottheit,
Fernherkommend und schön rothblumig, gleich
 Oleander.

Wiederverkörperung

Wer war ich einst? Von wem ward mir dies hohe
Geistleben und der heilgen Dichtung Lohe?
Weß Erbe bin ich? Wer als neugeboren
Trat wieder in mich aus des Grabes Thoren?

Und wer wird künftig wann dereinst ich sterbe
Als neues Ich wohl sein mein Geisteserbe?
Und wer wird einst wann mich das Grab umschattet,
Erstehn, mit meinen Liedern ausgestattet?

Gewährung

„Verhülle Nacht was dieser Tag gethan!
Zerstreue Licht das Leid das sie gebracht!“ –
Es ließ der Tag sich schön und freundlich an,
Und still verschwiegen ließ sich an die Nacht.

„Bestatte Schnee was dieses Jahr uns nahm!
O heile Lenz was jüngst uns wiederfuhr!“
Mit weißen Tüchern frisch der Winter kam,
Und über Nacht da ward sie grün die Flur.

Aufrichtung

Einzustehen gewillt für das Recht des Lebendigen
wider
Satzung barbarischer Zeit erfleht' ich der Göttlichen
Beistand,
Unbewußt wendend hinauf zum besternten Himmel
das Antlitz.
Gott! Was erschaut' ich! Fürwahr: Ein hohes und
herrliches Zeichen! –
Grade zu Häupten mir stand in lateinischer Ziffer
des eignen
Namens erstrahlend Gebild in Sternschrift. –
Grade zu Häupten
Flammte das ewige W der erhabenen Cassiopeia,
Flammte das ewige W des geringen und eigenen
Namens. –
Heiß durch die Adern mir rann die Gewißheit
göttlichen Beistands.

Mein Heimatsort

Warmbronn ward mir Geburtsort, Heim kaum. –
    Geistig vereinsamt,
Sucht' ich in Liedern mir Trost und Erhebung. –
    Freudig besang ich
Halmflur, Wiese und Wald und den Berghang. –
    Nun er zu End mein
Liedsang fehlt mir der Trost, und erschreckend
    geht es hinabwärts.

Löwenzahn

Alle, gehoben das Haupt und das Antlitz auf nach
des Maitags
Leuchtendem Tagesgestirn, stehen die Blumen
des Mai's
Zahllos drüben am Weg und im Kleefeld. –
Aber wie bald doch
Von der Verklärten Gesicht, hebt sich in Wölkchen
der Geist. –

Trennung und Einung

Reißt das Band das Leib und Seele bindet
Eine Flucht Geschiedener stattfindet,
Die ernüchtert von dem Lebenstruge
Nunmehr folgend ihrem eignen Zuge
Unaufhaltsam nun dahin entwogen
Wo sie von dem Zuge hingezogen.

Aber unfrei von dem Lebenstriebe,
Geht zu Splitter ihre Freiheitsliebe;
Satt gar bald der Elemente Hasten,
Satt gar bald der todten Ruhe, tasten
Ringsum sie sich einen Leib zu wählen,
Mit verwandtem Geist sich zu vermählen.

Und sie finden sich; Verwandtes findet
Zu Verwandtem sich, und wieder bindet
Sie das Band des Mannes und des Weibes,
Sie das Band der Seele und des Leibes;
Bis sich trennen wiederum die Gatten,
Die einander endlich übersatten.

Wiedereinung

Alle Teile, die von mir sich trennen,
Ein Bestreben, *einen* Wunsch nur kennen:

Sich aufs neue wieder nun zu einen
Mit der Hingeschiednen, mit der Reinen.

Daß gefunden sich, daß sich getroffen
Die Atome wieder, darf ich hoffen.

Daß vielleicht im Falter sie in Wonne,
Dort umschweben jene Blumensonne.

Daß vielleicht nur meinem Aug' verhehlet
Sie als Waldesvöglein sich vermählet.

Daß vielleicht in jener Laub' Geranke
Sich geeinet ihr und mein Gedanke.

Schmerzlich nur, daß ewig bleibt verhüllet
Jeglich Schauen, das die Sehnsucht stillet.

Traurig wohl, daß ewig uns verschlossen
Bleibt Erkennen unsrer Ichgenossen.

Totenfeier

Auf, heran zu diesem Mutterfeiern!
Kinder kommt!
Thun wir, was uns selber, was der teuern
Toten frommt:
Ihr Geburtstag ist. Nach frommer Sitte
Schön und wahr
Bitten wir sie her in unsrer Mitte
Kleine Schar.

Ihren Sessel rücket an die Stelle
Wo er stand,
Ehe noch des Auges klare Helle
Ihr entschwand;
Bringt ihr Leibgericht und ihren Teller,
Füllet frisch!
Stellt ihr Glas mit goldnem Muskateller
Auf den Tisch!

Also stehet: All die Sinne schärfend
Wie auf Wacht,
Heil'ger Sehnsucht Wollen unterwerfend
Grab und Nacht.
Wie das Taubenweibchen zwingt des Taubers
Ruf zum Tann,
So herein sie zwinge unsers Zaubers
Mächt'ger Bann!

Ach, noch immer nicht ist sie erschienen!
Gehn wir nicht,
Eh' gelabt wir uns an ihrer Mienen
Sel'gem Licht!
Ach, noch immer nicht sind wir durchgeistert
So in Kraft,
Daß vom Grab empor, das wir bemeistert,
Sie sich rafft!

Drum so stehet: Fest und ohne Wanken
Vollbewußt
Dulde keines anderen Gedanken
In der Brust
Als den Einen: Sie hereinzufodern
In den Kreis,
Laßt der Sehnsucht heil'ge Flammen lodern
Voll und heiß!

Nicht der Ladung solcher Gottbefehle
Fürder kann
Widerstreben die entfloh'ne Seele
Mehr sodann:
Ohne Widerstand und ohne Wollen,
Ohne Wahl,
Taucht sie plötzlich, blauer Luft entquollen
Auf im Saal:

Mutter! Mutter! Tönt's von unsern Lippen
In der Rund',
An dem Glase sehen wir noch nippen
Ihren Mund:
Wiedersehens-Wonnen auf uns gießend,
Heiß und kalt,
Ehe sie in leichte Luft zerfließend
Uns entwallt.

Wiederverjüngung

Einsam wandelt durch den Wald ein Alter,
Um ihn schweben blau und goldne Falter:

Einst'ger Träume himmlisches Verjüngen
Schaut er hier in diesen Schmetterlingen.

Einst'ger Jugend selige Gedanken
Grüßen ihn aus diesen Rosenranken.

Einst'ger Kindheit unschuldvolle Wonnen
Winken ihm aus diesen Blumensonnen.

Seines Eignen freud'ger Auferstehung
Schaut er zu von seiner Menscherhöhung.

Und ihn selber als geschloss'ne Haltung
Grüßt sein Einst als Auseinanderfaltung.

Zähle nicht zu Denen die da sinnen
Wie des Nächsten Güter sie gewinnen,
An sich bringen dessen Haus und Rinder
Und die beste Habe seiner Kinder.

Zähle nicht zu Denen die dem Armen
Nehmen selbst das Letzte ohn Erbarmen,
Nehmen selbst den Bissen aus dem Munde,
Unbekümmert ob er geht zu Grunde.

Sage mir, ewiges Licht:
Ist nicht
Jegliche Blüthe
Eine zur Wiedererscheinung gelangte, urewige Mythe?
Jegliche Rose
Sie des verachteten Dornstrauchs Apotheose?

Du wichest nicht kalt und trocken
Aus dem der wegesbestaubt;
Du flohest nicht scheu, erschrocken
Wann du mich nahe geglaubt;
Du gleichest den rosigen Glocken
Der Büsche von Grün umlaubt;
Du hast mir mit Blüthenflocken
Bestreuet mein reifig Haupt.

Als krank ich im tiefsten Wesen,
Zerrissen das Herz und wund,
Da machte mich just genesen
Dein blühender, süßer Mund.

Als ich glaubt sterben zu müssen
In trauriger Leidensnacht;
Du warest es, die mit Küssen
Mich wieder gesund gemacht.

Wie hin am Zaun den Gartenweg entlang
Sich Rebe rankt mit grünem Ueberhang,
Rankt sich in mir dein jüngst gesprochnes Wort
Am Lattenzaune meiner Tage fort.

Concertabend

Die Orden, die Sterne prunken
Im Lichterschein;
Es fuhren die Götterfunken
Der Töne drein.
Ich habe in Andacht versunken
Gedacht nur dein,
Mit glühenden Augen getrunken
Dein Bildniß ein.

Ach, von den Blumen allen
So wenig mir mehr gefallen,
Nur Eine,
Die Holde, Reine.

Wohl, daß ich ganz
Zu meiner Nächte Glanz
Die herrliche Nachtviole
Mir hole. – –

Als ich im Wald mich ergieng
Rosengeschling
Sich mir an die Kleider hieng.

„O schlängest auch Du
Zu meiner Seele Ruh
Um mich die Arme fester,
Du Rosenschwester!“

Sieh drüben den Erntesegen!
„Ach, meinetwegen!"
Der goldenen Aehren Fülle!
„Ach, stille! stille!" –

„Ich kenne, kenne o Schätzchen
Auf Erden nur eins der Plätzchen
Das Stätte des Ueberflusses:
Die Erdbeerhalde des Kusses."

Im Fensterrahmen
Cyclamen,
Und Hyazinthen
In Rosatinten.

„Bin leidig drüber,
Wär doch mir lieber
Ein rosig Grüßen
Vom Mund dem süßen.“

Rosenbestattung

„Neid' ich doch in deinem Strahlenlose
Schöne, dich, gebenedeite Rose!

Mir hinunter sind der Liebe Sterne;
Möchte erdenselig doch so gerne

Selbst einmal in diesen Junitagen
Rosenfreudig deine Fackel tragen;

Selbst einmal in diesen grünen Tennen
Rosenrot in mildem Licht verbrennen!"

An……

„Weißt du, weißt du, was wir heute wollen?
Schöpfen laß uns aus dem Uebervollen!

Eine fromme Pilgerfahrt uns planen
Nach den Wandelgängen der Platanen.

Dort beim Sitzen auf den Marmorbänken
Festlich dann des schönen Tags gedenken;

Und beim Gang durch diese Duftreseden
Sonst von Nichts als treuer Liebe reden.“

Da du getreten in mein Leben ein,
Da wich die Nacht dem hellen Morgenschein;

Weit offen stand des Himmels festlich Thor,
Und eine Rosenlandschaft stieg empor.

Hyazintha

Halbdurchscheinend wie Wachs und wie Bernstein
steht Hyazintha
Drüben am Fenstergesims, schmückend mein
ödes Gemach;
Fast wie ein künstlich Gebild erschiene die
himmlische Blume,
Strömte nicht göttlichen Duft, hauchte nicht Seele
sie aus.

Was du hier hörest o Freund und staunend
behorchest, sind einzig
Duftübersetzungen frei nach Hyazintha. –
Gewiß:
Baldigst verstand ich den Sinn und die Sprache
der holden Geliebten,
Antwort zu geben verbot neidisch die karge Natur.

Primula veris

Jegliches Bächlein ist Bach und geschwollen von schmelzendem Eise,
Kaum aus dem schmutzigen Weiß hebt sich der bräunliche Grund
Offener Wiese. – Gegrüßt Lenzschlüsselchen, Primula veris!
Hoffnung erweckest du mir neu in verwinterter Brust!

Daß ein Gebilde von Licht hernieder mir steige,
erhofft ich
Thörichter stetig. – Es stieg glänzend hernieder,
doch nicht
Mir dem Poeten: – Ein Schwarm des Gesindels nahm
es in Anspruch: –
Während der Göttliche darbt, feiert der Pöbel
sein Fest.

Müdigkeit

Ich habe der Lerchen so viele
Gesehen und habe sie satt;
Was soll mir der Lenze Gespiele
Im Schnabel ein Rosenblatt?

Das Käuzchen ersehn ich das nächtig
Prophetisch und wie ein Geist
Vom Firste des Daches, bedächtig
Mir baldige Ruhe verheißt.

Wochenkalender

Montag erst. – Entsetzlich: Freudelos
Neu beginnen wo die Woche schloß.

Dienstag erst. – Entsetzlich: Ohne Sinn
Spinnen neu des Lebens grau Gespinn.

Mittwoch erst. – Entsetzlich: Ohne Gnad'
Neu durchmessen den durchmessnen Pfad.

Donnerstag. – Entsetzlich: Ohne Ziel
Neu durchspielen das durchspielte Spiel.

Freitag schon. – Entsetzlich: Irrer Tand
Neu durchwaten den durchwatnen Sand.

Samstag schon. – Entsetzlich: Ohne Gruß
Ewig wandern um des Hügels Fuß.

Sonntag heut. – Entsetzlich: Wieder neu
Segeln an dem Leuchtturm hier vorbei.

Hast du in deiner Rüstkammer
Ewiger, Keil nicht noch Hammer
Für mich Erdüberzähligen,
Unseligen und doch Seligen? –

Ach sei mir gnädig!
Mache des Leibs mich ledig!
Führ mich der Wahrheit Vergebensrufer
Schmerzlos hinüber an des Vergessens Ufer! –

Lieder der Bitterkeit

Am Wege stand ein dürres Scheitermaas
Ganz überwuchert schon von Busch und Gras;

Und jedem Frost und Regen ausgesetzt; – –
Was suchst du Bessres, thöricht Herz anjetzt?

Bist du nicht auch jetzund ein dürres Scheit,
Zurückgelegt für eine künft'ge Zeit?

Sie fragten nach meiner Bestallung;
Das brachte mein Blut in Wallung:

„Ich werde den Gott euch künden
Auf Fluren und Wiesengründen!

Das Recht des Lebens euch lehren
Und ewiges Wiederkehren! –

Ich werde die Raben scheuchen! –
Erwartet kein anderes Zeichen."

Freitod

Was giebt dem Leben erst die rechte Weihe?
Das Sterben ists, das selbstgewählte, freie:

Der Vorsatz stolz, sich von dem Stoppelweiden-
Auftrieb der Heerde künftig auszuscheiden.

Das Hürdethor der Freiheit mit dem bloßen
Und unbeschützten Fuße aufzustoßen.

Schlafmüthge Daseinslust in blödem Herzen,
Durch frisches Handeln kräftig auszumerzen. –

Freitod! Wer hat zuerstmals dich erfunden?
Ein Göttersohn ins Sklavenjoch gebunden;

Der als geholt durch des Tyrannen Boten,
Die Ketten schlug ins Antlitz dem Despoten.

Viola pensée

Auf Grabesauen
Erhebt sich mit dunkelblauen
Sammtschwingen ein blumiger Falter,
Verklärungspsalter. –

„Es möchte gerne
Auf sel'gem Sterne,
Befreit von des Leibes Banden
Die Seele landen.“

Apotheosen

1.

Ach wie so Wenigen
Sängern und Königen
Ist sie vergönnet die große
Apotheose!
Aber dem kleinsten
Und dem gemeinsten
Weißdorn im Hag
Bringt sie ein sonniger Frühlingstag.

2.

Armes Mägdlein hier in Stall und Scheuer,
Aschenbrödel bei dem Küchenfeuer,
Findling, Nickel, braunes Gänsehannchen,
Aufgezogen von dem Bachsusannchen,
Nesseln schneidend einst am Gartenhage,
Alles tragend ohne Groll und Klage,
Schwebt befreit von bittrer Armuth Fesseln
Nun als Pfauenauge ob den Nesseln.

Blumen neben dem Krankenbette

Gartenwinden, strahlig und geflammt,
Eingefaßt von blauem Seidesammt,
Braune Nelken, brechend aus der Hülle
Ihrer Kelche in der Düfte Fülle.

Ringelblumen, so wie Flittergold,
Das die Julisonne aufgerollt;
Bohnenblüthen, an des Zweigs Geschwinge
Scharlachrothe kleine Schmetterlinge,

Gartenwicken, himmelblau beschwingt,
Wie ein Falter der zum Aether dringt,
Hehr und glanzvoll seine Flügel spaltet,
Wieder sie zur Ruh' zusammenfaltet.

Standen da vor mir in einem Glas
Da ich krank in meinem Bette saß;
Mußte nicht frisch Leben sich entfachen
Beim Gesegne dieser Blumenwachen?

Ringsum nichts als bleiche Heidebinsen,
Schwarze Tümpel, grüne Wasserlinsen.

Einer Föhre halbgebroch'ne Aeste,
Auf zum Himmel streckend kahle Reste.

Ueber mir des Himmels grau Gewölbe,
Bachentlang so weidengrau die Felbe. –

Ach, wie kann in diesen Nebelthalen
Erd' und Himmel mein Geschick mir malen;

Gleich' ich selber doch in meinem Leide
Diesem dürren Föhrenbaum der Heide!

Und an den Zweigen, den Aesten, den Kopf tief unten,
Hängen zu Tausend, Tausend, die glänzend bunten
Chrysaliden
Im Werdefrieden – – –
Bis der schön bläuliche Tag
Leuchtet über die Berge,
Und am Euphorbienhag
Sprenget der Puppen Särge. –

Chrysaliden

Würdest forschen du in heil'gen Büchern,
Könntest lesen du von Leichentüchern,

Die da eingehüllt zu stiller Ruhe
Den Erlöser in der Grabestruhe. –

Nicht wie so in kühle Felsenlade
Ist gebettet hier der Leib der Made.

Nicht wie sonst in dumpfe Grabesbaue, –
Nein, gehängt an schlanke Seidentaue,

Weich umspielt von süßen Blumendüften,
Frei sich wiegend in den sanften Lüften,

Schlummern sie in ihren Grabeslinnen,
Diese Schläfer, diese Schläferinnen,

Bis erwachend frei im Morgenscheine
Sie entflieh'n im Glanz der Edelsteine.

Spätes Erwachen

So wie ein Mensch nach lärmendem Gelag
Noch spät zu Mitternacht nicht schlafen mag
Und seine Ruh' erst findet knapp vor Tag;

Und süß erst schläft beim hellen Morgenschein,
So reichte in die Jugend mir hinein
Versäumter Schlaf von einem vor'gen Sein. –

O wüßt' ich doch, was mich nicht schlafen ließ!
Ob mich ein Gott vom Bacchanal verstieß?
Ob ich betrunken kam vom Paradies? –

Erinnerungen hinter der Erinnerung

Strahlt nicht auf mitunter, so zu Zeiten
Kunde her von unsern Ewigkeiten?

So urplötzlich und so blitzesschnelle
Wie die blanke Spieglung einer Welle?

Wie die ferne Spieglung eines bunten
Kleinen Scherbchens an dem Kehricht drunten?

Wie die rasche Spieglung einer blinden
Fensterscheibe am Gehöft dahinten?

Die metall'ne Spieglung einer blanken
Pflugschar drüben an der Wiese Schranken?

Augenblicks mit Licht dich übergießend,
Augenblicklich in ein Nichts zerfließend.

Oswald an Klara

Gott, wie oft im Lauf der Ewigkeiten
Mögen wir die Lüfte noch durchgleiten;

Bald als schlichte, fromme Wallfahrtsgänger,
Bald als hehre, gottgeweihte Sänger.

Heute arm in grauem Hausgewande,
Morgen reich in gold'nem Farbenbrande,

Schweifend, schwebend über Fels und Klippe. –
Hier gereiht der stolzen Schwanensippe,

Dort geschuppt im Kleid der Schmetterlinge,
Mit dem Goldsaum, mit der Pfauenschwinge. –

Heute fern auf heil'gem Ostlands Boden
Ueberschauend Tempel und Pagoden,

Morgen neu in Westlands Geißblattlauben
Liebestammelnd im Gewand der Tauben. –

So von Süd nach Nord, von West nach Osten,
Möglichst viele Seligkeit zu kosten! –

Dieses Uebermaß von Lebenswonnen
Hättest du, der armen Erde Kind,
Arm an Sinnen, fühllos, taub und blind,
Nicht in Träumen Himmeln angesonnen!

Der Komet

„Heda draußen! – Wer ist's?“ – Ach, Herr Meister,
Nichts für ungut. – Bin ein hergereister

Fremder Bursche. – „Welchen Zeichens?“ –
Feuerwerker. – Bitte, Reichen S'

Kleine Zehrung. – „Nichts da! Frommen
Soll dein Werk mir, Bursche! – Sei willkommen!

Arbeit hab' ich!“ – Welche? – „Feuerwerker!
Mach in Flammen aufgeh'n all die Kerker!“

Der Komet

Wieder späht, den Lampenschirm als Fächer,
Her mit trübem Nachtlicht ein Erbrecher.

Mit dem Zünder, mit dem Schwefelfaden,
Dem Banditenantlitz, fluchbeladen.

Böses brütend schaut er nächtlich nieder,
Blaue Flämmlein züngeln hin und wieder.

Möcht' er doch auf dieser Erde Gründen
Tückisch einen Weltenbrand entzünden.

Die Geschlechter

Ist dies nicht ein frevles Schicksalswalten,
Menschtum in zwei Teile zu zerspalten?

In zwei blut'ge Hälften zu zerreißen?
Eine Mann, die andre Weib zu heißen?

Und zu weit'rer Schärfung dieser Tücken
Ihn nach Nord und sie nach Süd zu schicken?

Beid' erfüllt von heißem Sehnsuchtsdrange,
Sich zu finden auf des Lebens Gange?

Ich dem Ich zur Opfergab' zu bringen? ––
Ach, wie wenigen, wenigen mag's gelingen,

Ohne Losung, Fährten oder Spuren
Sich zu finden auf des Lebens Fluren!

Sel'ge Kindheit, die nicht kennt die Wirren,
Nicht der Liebe grausam, thöricht Irren! –

Sel'ge Blume, die nichts weiß vom Fluche
Lebenslanger und vergeb'ner Suche!

Zwei der Gaben sind's vom ew'gen Osten:
Eine die, den heil'gen Leib zu kosten;

Demutsvoll mit Inbrunst ihn berührend,
Küssend vorher ihn zum Munde führend. –

Andre die, den heil'gen Kelch zu trinken,
In der Liebe Abgrund zu versinken;

Mund und Lippe scheu am Rande klebend,
Herz in Andacht auf zum Himmel schwebend. –

Du so schwebend über sonn'gen Hügeln
Falter hier mit den Citronenflügeln:

Sag, ob du erkannt mich als Bekannten,
Vater, Gatten oder sonst Verwandten,

Daß du scheue Flamm' dich konnt'st erdreisten,
Magisch dreimal um mich her zu geisten? –

Kommst du her von höhern Regionen,
Wo die Frommen, wo die Sel'gen wohnen,

Um verwandelt so im Wald der Buchen
Mich und heil'ge Stätten aufzusuchen?

Nachtkerzen*

Aufgebunden drüben ist der Haber,
Aber leuchtend so wie Kandelaber,

Stehen Blumen um mit heil'gem Feuer
Zu erhellen dieses Steingemäuer;

Stehen Blumen um in finstern Nächten
Krieg zu führen mit den Dunkelmächten. –

Als des Lichtgotts treue Priesterinnen
Stehen sie die Leuchterträgerinnen,

Zu erhellen diese Dunkelpfade,
Und daß keines, keines nehme Schade,

Von den Schnittern allen, von den frommen
Garbenbindern, die vorüber kommen. –

---

* Nachtkerze *(Oenothera biennis)*.

Syringen

Fast überirdisch dünkt mich euer Grüßen,
Syringen ihr mit eurem Duft dem süßen.

Nach Geisterweise weiß ich euch zu werthen:
Ein Duftgesang er ist mirs von Verklärten.

Gott, wie ich doch in dieser blauen Kühle
Der Blumenwolke hier mich wohlig fühle!

Süß heimlich ahnend was hineinverwoben;
Wie fühl ich mich so frei, so stolz gehoben!

Ha, bin ichs selbst, deß einstig Erdenwesen
Nun auch einmal zu solchem Glanz genesen?

Sinds meine Lieben, die, ach längst begraben,
In diesen Düften Fühlung mit mir haben? –

Hochsommer am Bach

Versiegt der Bach. –Die schlammgetrübten Tümpel
Umstehn des Schilfrohrs leichtbeschwingte Wimpel;

Und silbriggrüne Fahne steht an Fahne,
Durchbrochen licht wie Bahrtuchs Filigrane.

Dort Weideriche mit den dunkelrothen
Felsblumen trauernd an dem Bach dem todten.

Denn von dem niedern Ufer schaun die welken
Jüngst abgemähten schönen Wassernelken. –

Libellen schillernd fahren hin darüber,
Das gelblich grüne Wasser brütet Fieber.

Denn nebenan dem heil'gen Sommer, bleichen
Der abgesägten Pappeln schlanke Leichen. –

Hausgärtlein im Spätherbst

Dunkelrothe Rüben, Kohl und Möhren
An des Gärtleins ausgetretnen Kehren.

Bohnenblätter, angewelkte Schoten,
Hier am Zaun dem Frühreif feilgeboten.

Einzig noch die Aster steht im Staate
Drüben in dem Tiefgrün der Salate.

Stolzer doch aus schwarzer Beete Krume
Hebt am Weglein sich die Sonnenblume.

Schnurrend in des Schlafbehagens Wonne
Eine Katze liegt dort in der Sonne.

Nesseln, Kletten rings in jeder Ecke,
Dort am Fenster Balsaminenstöcke.

Frommer Glanz von traulich stillen Wonnen
In das kleine Gärtlein ist versponnen. –

Allerseelen 1900

Heut Allerseelentag, welch milde Lüfte,
Bei solchem Sonnschein thun sich auf die Grüfte.

Gott, mutet an mich wie von fernen Zonen,
Der Falter hier in Farbe der Citronen!

An letzter Blume sich noch festzusaugen,
Der andre dort im Kleid der Pfauenaugen.

Von welchen Küsten doch, von welchen Reichen,
Sie hergesegelt mit dem Wunderzeichen!

Welch milder Tagesschein! Welch silbrig Weben! –
Ja, so mags sein dereinst als Geist zu schweben! –

Erinnerung hinter der Erinnerung

War auf Rückflucht nach der Jugend Pfaden
Einzig folgend der Erinnrung Faden.

Heilge Stätten wieder aufzusuchen
Schritt ich pilgernd durch den Wald der Buchen.

Sinnend abwärts längs der blauen Kelche
Frischen Immergrüns. – O fragt ich: Welche

Wonnestunde mögen rück sie künden?
Magst sie suchen in der Kindheit Gründen.

Nein viel weiter, weiter noch zurücke
Führt der Rückflucht blumenblaue Brücke.

Weiter rückwärts werd ich suchen müssen
Wo der Faden für mich abgerissen! –

Geburtsweihe

Nun du wiederkamest nach der frommen
Süßen Rast,
Sei willkommen uns, o sei willkommen
Kleiner Gast!
Glück und Segen möge dich geleiten
Um und an,
Noch hast du den Blick in ferne Weiten
Nicht gethan.

Hier die Brode, dort des heil'gen Weines
Fromm Getränk:
Laßt uns feiern heut der Gottheit reines
Weihgeschenk,
Und indem dein Bettlein wir umwandern
Schritt für Schritt,
Bring ein Jedes von uns einen andern
Wunsch dir mit:

Diese Stirne möge sammt der Augen
Feuchtem Glanz
Zum Altare hoher Schönheit taugen
Rein und ganz;
Diese Aermchen niemals um je treiben
Unrecht Gut,
Diese Händchen wie sie heut sind, bleiben
Rein von Blut. –

Ja und Amen denn! – Zum Schluß des Ganzen
Nicht vergeßt
Auch ein kleines Bäumlein ihm zu pflanzen
Heut zum Fest.
Um das Bettlein eine Blättergarbe
Walle kühn,
Daß dem Auge ewig heil'ge Farbe
Sei das Grün! –

Zum Geburtstag

Deine Huldigung Tag! – Ich brauch sie zur
inneren Stärkung,
Wunderzeichen sogar, ich brauch sie! – So auf
dem Fußpfad
Der an Geheg und Gezäun dort hinter den Scheunen
ins Feld führt,
Rief ich verzagend es aus. – Doch siehe:
Aus morschem Gezäun mich
Wiesenkönigin grüßt und blaue Geraniumblüte. –
Deine Huldigung Tag? – Nicht hast du den Sänger
vergessen. –

Leidlich über den Tag den übelgelauneten, heut auch
Ueberzukommen erhofft traumseliger Thor ich. –
Vergebens:
Nicht ein günstiger Wind bracht her die ersehneten
Segel. –
Wem soll glauben ich noch? Wie schlimm doch:
Nimmer mir selber. –

Wenig bedürfen fürwahr, ich lerne es an mir,
damit ich
Trutz zu bieten vermag der Tücke des Schicksals,
der Menschen. –
Was mich entsetzet ja nur ist einzig: Ich könnte
im Hunger
Feigling werden, vielleicht untreu mir selber. –
Wie trostvoll:
Stufen schlug ich um groß herabzusteigen vom
Throne. –

Göttlichkeit

Ueber der Jugend Gebrechen empor rafft auf sich
das Alter
Erst zu göttlichem Flug. – O sieh: Was gehet
den Hohen
An das Staketengezäun der irdischen Jahre? –
Wie thöricht
Käme dem Wandrer es vor, der wenn er entzückt
und geblendet
Schwärmte so gartenentlang, zu zählen die Latten
des Zauns nun? –

Ja, für den Rest meiner Zeit gestatt ich mir eigens
die Freiheit
Wahr, aufrichtig zu sein bis zur Schroffheit. –
Edlen und freien
Stolz zu hegen als Greis und hohes Bewußtsein. –
Zu streifen
Ab das Bettlergewand das so kalt und schweißig
mir anklebt. –

Unterzuzwingen den Gott, nein, sagen wir kühner
die Weltmacht
Auch dem eigenen Selbst und dem eigenen Wollen,
das wäre
Erst der rechte Triumph. – Und dennoch:
So himmelverwegen
Satanvermessen erklingt dieß Wort aus des
Sterblichen Mund auch,
Sieh, unmöglich ists nicht. – Denn so du nur selber
o Mensch dir
Treu zu bleiben vermagst und zu glauben an eigene,
höchste
Gottheit; – machst du die Welt dir dienstbar dem
eigenen Willen. –

Sommers Rest

Blätter fallen. –Einzig überdauern
Hagebutten unsers Herbstes Schauern,

Deutend mir beim letzten Sonnenstrahle
Die Unsterblichkeit der Schönheitsmale.

Und daß nicht war bleibendes Verderben
Dieß ihr Schwinden und ihr Rosensterben.

Künden doch von einem späten Siege
Diese Urnen, diese Purpurkrüge. –

Amphitheater in Pompeji

I.

O sieh, o sieh: Den mordbefleckten Boden
Hat übersponnen ganz die weiße Winde,
Als ob die Blutsaat wolle aus sie roden.

Gelungen ist dem frommen Ackerkinde
Es zu entsündigen das Feld der Todten
Mit seiner Ranken weißer Priesterbinde. –

II.

Von der alten Säulen Architraven,
Von der Mauern ungezählten Ritzen,
Alle, alle die sich hier einst trafen
Kommen her zu ihren alten Sitzen.

Zu Lacerten, die vorüberblitzen,
Sind verwandelt Freie nun wie Sklaven;
Goldiggrün die kleinen Köpfchen glitzen,
Bis sie neu zu Menschen sich geschlafen. –

Im Garten des Albergo del Sole
(Pompeji)

Tod und Leben, nahe hier beisammen,
Aschenurnen neben Rosenflammen.

Jeder Morgen ist ein Blumenbringer,
Jeder Blick streift einen Todtenzwinger.

Und den Trümmerrest von Architraven
Ueberdecken siegreich der Agaven

Bläulichgrüne, riesige Rosetten;
Auf dem Boden nackte Amoretten,

Tonfiguren, Statuettentrümmer; –
Und ich frag mich: Ob nicht auch im Zimmer

Wo ich Fremdling gestern übernachtet,
Eine Aschenurne eingeschachtet,

Da im Traum ein Weib mit Kahn und Ruder
Mich willkommen hieß als ihren Bruder? –

In der Gräberstraße
(Pompeji)

Vejus* sieh: An deinem Wiegenfeste
Bringen wir des Liebesmahles Reste,

Süße Trauben, einen Apfelkuchen,
Eine Torte die du magst versuchen.

Eine Birne, eine Honigflade
Her zu dir in deine Todtenlade.

Wollen sitzend hier auf diesen Bänken
Unsers lieben Vejus noch gedenken.

Wollen spähen ob nicht deine Stele*
Durch ein kleines Nicken sich empfehle,

Und so heimlich aus dem Aschenkruge
Nicht hervor ein kleines Köpfchen luge? –

---

* Vejus, 8jähriger Knabe.
* Stele, kleine Grabsäule.

Wein und Brod

Nur Wein und Brod sei künftig meine Speise;
Gesättigt von des Brodes heil'ger Kraft
Schreit muthig fort ich auf des Lebens Reise.

Gekräftigt von des Weines Feuersaft
Erring ich mir des Lebens höchste Preise,
Und fühl mich groß in meiner Priesterschaft. –

Großer Feierabend

Es wird dereinst auf Erden
Noch sein ein Ruhen:
Bei vollen Truhen
Sie schlafen werden.

Es wird dereinst auf Erden
Noch sein Genügen:
Aus vollen Zügen
Sie trinken werden.

Es wird dereinst auf Erden
Noch sein Gewähren:
In Königsehren
Sie thronen werden.

Es wird dereinst auf Erden
Nicht sein mehr Hoffen:
Den Himmel offen
Sie schauen werden.

Ernste Worte

Ich möchte eine größere Werthschätzung des Lebens einführen, nicht gleich der Menschenschätzung nach Marken oder Gulden, sondern nach seinem wahren unbezahlbaren Werthe.
Ich möchte eine Gemeinde gründen deren Aecker und Wiesen Domänen des Zukunftsreiches wären, wie es meine wenigen wirklich schon sind. Eine Freistätte der Vertriebenen und Geächteten, ein Nährort der Armen und Verlassenen, wo weder Falle noch Feuerrohr, weder Gift noch Schlinge etwaige kleine Näscher bedroht, sondern wo Friede ist und Erquickung.
Wo das Gnadenbrod essen im Hause bis an ihr Ende die Gespielen deiner Kinder, das Kätzchen und der Hund, sowie die treue Nährmutter derselben, die milchgebende Kuh und die eierlegende Henne.
Wo der Markstein steht gegen die Härte, den Undank und den Eigennutz der Menschen.

*

Es ist nicht Alles ganz dein, was du dein nennest; es ist eigentlich gar nichts ganz dein als die Werthsachen in deiner Brust, in dem feuerfesten und diebessicheren Kassenschrank deiner Seele. Deine Gärten, deine Aecker und Wiesen hast du erkauft und bezahlt, aber was du nicht erkauft und bezahlt hast, das ist der Thau und der Regen, der deine Gewächse tränkt, das ist die Luft und der freudige Sonnenschein. – Bedenke dieses, und wage es noch ferner zu sagen: Meine Früchte sind ganz mein. –

O gräßlicher Irrthum der Menschen zu wähnen, daß die Thierwelt blos um ihretwegen da sei und folglich rücksichtslos verbraucht werden dürfe. Wahrlich! Ein entsetzlicher Irrthum den zu bekämpfen ich als meine höchste Pflicht erachte. Jedes Wesen ist vor allem nur da um sich seines Lebens zu freuen.

*

Ja siehe: Auch die Thierwelt wartet auf ihren Heiland, ja selbst die Pflanzenwelt und die ganze Natur. Ja siehe: Sehnsuchtsvoll und zitternd harren sie schon seit Jahrtausenden auf ihren Erlöser. Auf einen Heiland der ihre natürlichen Rechte voll anerkennt, und zu voller allgemeiner Anerkennung zu bringen vermag. Aber wann wird der kommen? – Und welcher Wegbereiter wird sein sein Johannes? Frage nicht! Ich und du, und der und jener und jeder volle Mensch ist hiezu berufen, und wer dieser hohen heiligen Berufung nicht folgt, hat dafür Verantwortung und Sünde. – Und dir und mir, und Jeglichem gilt die Mahnung:

So lang du ihre Freiheit nicht gepredigt
Bist du auch deines Auftrags nicht entledigt,
Erst wann du sie hast aller Welt verkündigt,
Bist du vollkommen in dir selbst entsündigt.

Und ich und du und dieser, und jeder volle Mensch ist auch berufen aus allen Kräften und mit voller Seele mitzuarbeiten an dem großen Werke der Menschenbefreiung und Menschenbeglückung.

Ja darum habe ich diese Naturevangelien geschrieben, und gethan was ich nicht lassen konnte: Dir wieder zu deinem Rechte zu helfen, du arme entgeistigte und entgötterte Flur. Aus deinem Scheintod dich zu erwecken und dir die Sprache wiederzugeben. – Und so habe ich gethan was ich nicht lassen konnte, und deine Freiheit gepredigt o Creatur, und das neue Evangelium verkündigt: Das Evangelium von der möglichsten Schonung alles Lebendigen. – Und den Krieg angesagt jeder herzlosen Ichlehre.
Und nun ich mich meines Auftrags entledigt, fühl ich mich selbst erleichtert und selbst frei gemacht. – Und dann habe ich gethan was ich thun mußte, und habe Stärkung herabgelangt aus der Höhe, und Freudigkeit genommen aus meinem Eigenen, und Götterbrod entwendet aus den Himmeln der Seligen.

*

Denn wohl ziehet schon lange ein leises Ahnen durch das nimmerrastende madengleiche Menschengeschlecht, ein unbefriedigtes Sehnen, und ein edles Neiden beim Anschaun der auf sich schwingenden Sänger, der schwebenden Wandervögel, und der eilenden Segler; allein nur bei Wenigen tritt das Bewußtsein dieses Mißverhältnisses deutlich zu Tage, und unter Zehntausenden empfindet kaum einer schmerzlich die mangelnden Schwingen seines Madenleibes bei den Schmetterlingsgedanken seiner Seele.
Aber es wird kommen die Zeit, denn sie ist verzeichnet im Zeitbuche der Erde mit heiliger Blumen-

schrift, und eingegraben im Altare der Menschenbrust mit unvergänglichen Lettern:
Es wird kommen die Zeit des Aufschwungs, eines Aufschwungs mit schneeweißen Taubenschwingen und farbenschuppigen Schmetterlingsflügeln; eines Aufschwungs gleich dem des Falters zum Blüthenbaume, und dem des Adlers zur Aetherhöhe; eines Aufschwungs voll jubelnder Akkorde gleich den Akkorden der Waldessänger und den Dichterklängen der Lerchen, eines Aufschwungs voll stummer Wonne, wie das leise Schweben des Schwans, und das wonnesatte Irren des Falters.

*

Glorreich und glänzend schwebt ein Pfauenauge über dem Nesselgestrüpp wie eine himmlisch verklärte, freigewordene Psyche. Mit dem Ewigkeitsauge, dem Gottheitsstempel und den zum Bilde gewordenen Geistesgedanken auf ihrem Flügel tragend:
Ich bin das Sehende und bin das Wissende. Ich bin im Tag, ich bin in der Morgenröthe und bin in der Nacht. Ich kenne kein Gestern und ewig mein ist das Heute.

* *
*

Nachwort

Christian Wagner lebte von 1835 bis 1918 in dem Dorf Warmbronn bei Stuttgart.
In den Schriften der Christian-Wagner-Gesellschaft in Leonberg-Warmbronn, im Marbacher Magazin Nr. 28 und in der „Lebensskizze“ am Schluß seines ‘Neuen Glaubens’ steht Näheres zu seinem Leben.
Absicht dieser Ausgabe ist es, ohne Erwähnung der Lebens-Umstände, seine Schöpfungen für sich selbst sprechen zu lassen.
Aus über einem Tausend höchst unterschiedlicher Gedichte, die Wagner in sieben Gedichtbänden (‘Sonntagsgänge I–III’, ‘Weihegeschenke’, ‘Neuer Glaube’, ‘Neue Dichtungen’ und ‘Späte Garben’) veröffentlichte, habe ich ein gutes Hundert ausgewählt – nach eigenem Urteil und eignem Entzücken. Jegliche derartige Auswahl muß subjektiv ausfallen. Wer jedoch das eine oder andere Gedicht in dieser Sammlung vermißt, wer sich in die Welt des „Mährchenerzählers, Braminen und Sehers“ vertiefen will, dem sei verraten: die oben genannten Titel sind lieferbar!
Die Texte werden in ihrer ursprünglichen Fassung und Schreibweise wiedergegeben – so, wie Christian Wagner sie als Grundlage seiner Buchveröffentlichungen zwischen 1884 und 1908 in seine Manuskripthefte geschrieben hat. Sie sind – bis auf das Anfangs- und das Schlußgedicht sowie die technisch bedingten Umstellungen einiger Gedichte – in der ursprünglichen Reihenfolge angeordnet.

Bei allen meinen Überlegungen war der Leitgedanke, auf literarhistorische Einordnungs- und Bewertungsversuche zu verzichten und mich dem ursprünglichen Text so dicht wie irgend möglich anzunähern.

Da die Entstehungsgeschichte seiner poetischen Produktion praktisch unerforscht ist, sei ein Beispiel erlaubt. Im Manuskript der „Herbstblumen“ (= 'Neue Dichtungen', Teil I) hat Wagner vermerkt, datiert 1895, daß es sich bei dem Teil „Lieder der Minne“ um ältere Gedichte vom Jahre 1871, nun neu bearbeitet, handle. Auf den sechs Blättern stehen in Wagners feiner, kleiner Feder-Handschrift 25 Gedichte, unter ihnen einige der schönsten, die er überhaupt geschrieben hat: Christian hatte 1871 seine spätere Frau kennengelernt, Christiane Kienle, und „stand auf der Höhe menschlicher Glückseligkeit“. Elf dieser Gedichte habe ich, in ihrer ursprünglichen Reihenfolge (nicht, wie beim ersten Abdruck, zerstreut), in diese Sammlung aufgenommen (S. 84–94).

Nach einigem Kopfzerbrechen entschied ich mich dafür, die Texte *nicht* der heutigen Schreibweise anzugleichen, sondern dem Dichter sein volles Recht zu lassen und seine Schöpfung im originalen Zustand zu zeigen – also Athem, Citronenfalter und Thau. Die Texte sind auch Dokumente des damals freieren Umgangs mit der Schreibweise. Niemand wäre auf den Gedanken einer Gängelung gekommen, gleichzeitig existierten mehrere Formen in fröhlichem Miteinander. Man war damals unbefangen genug, selbst beim eigenen Namen Vielfalt walten zu lassen: Eduard Mörike unterschrieb seinen Nachnamen in vier Fassungen, Maria Sibylla Merian brachte es bei ihrem zweiten Vornamen auf sieben! Die Sprache soll in ihrer Zeitgebundenheit *und* in ihrem unbefangenen, atmenden Leben gezeigt werden – *bevor* die Normierungswalze über sie hinwegging.

Hinzu kommt ein ausgleichendes Element: Bis zur Edition von Ulrich Keicher (1973) haben alle Herausgeber mehr oder minder stark in Wagners Texte eingegriffen. Hierzu schreibt Werner Kraft: „Der schlechte Text eines Dichters ist so ehrwürdig, wie der gute Text in der Verbesserung eines Nichtdichters problematisch ist."

Auch die sehr eigenwillig, sperrig, ja falsch anmutende Interpunktion habe ich beibehalten. Sie belegt, bei genauerem Hinhören, wie wichtig dem Dichter die Rhythmisierung als poetisches Element war. Mitunter meint man, ihn auf seinen Sonntagsgängen zu begleiten.

Wagner schrieb seine Gedichte vor allem für's Ohr. Wer Heinz von Cramers geniales Hörspiel „Aus den letzten Tagen künftiger Erde" anhört – eine Stunde und vierzig Minuten lang eine Komposition von Musik und Texten Christian Wagners! –, der meint selbst bei eigentlich wohlbekannten Gedichten, sie zum ersten Male zu vernehmen.

Die Gedichte Christian Wagners sind nicht selten zu einem geradezu urwäldlichen Schlingwerk von Prosa und Versen verwoben, diese Gebilde dann wiederum einem bestimmten Thema zugeordnet. („Mythen und Mären“, „Wiederverkörperung“, „Ewigkeitsleben“, „Müdigkeit“ usw.) Für diese Auswahl schien es mir erlaubt, eine Reihe von Gedichten aus ihren zyklischen und zauberzarten Zusammenhängen zu lösen und eine Gesellschaft von Solitären herzustellen.

Wagner hat seine Gedichte häufig abgeschrieben und an Redaktionen, Leser und Liebhaber verschickt. In allen diesen Fassungen sind kleinere und größere Unterschiede. Fast alle seine Buchveröffentlichungen, zu Lebzeiten und danach, wurden mehr oder weniger starken Eingriffen unterzogen – erstaunlicherweise die späteren sogar noch mehr als die frühen. Auch „verbesserte“ der Dichter in zunehmendem Maße (entsprechender Beratung folgend und vermeintlichen Vorbildern) seine Verse und literarisierte sie.

Bei dieser Ausgangslage entschloß ich mich dazu, die Texte in den Fassungen wiederzugeben, in denen ihr Verfasser sie für die jeweils erste Buchveröffentlichung zusammentrug und in die Manuskripthefte schrieb. Diese Manuskriptsammlungen für ‘Sonntagsgänge I–III’, ‘Neuer Glaube’ und ‘Späte Garben’ liegen vollständig im Deutschen Literaturarchiv in Marbach; bei ‘Weihegeschenke’ und ‘Neue Dichtungen’ fehlt jeweils ungefähr die Hälfte. Bei fehlender Manuskriptvorlage habe ich auf den Erstdruck in Buchform zurückgegriffen. Nur in einem einzigen Fall habe ich die Buchfassung dem Manuskript vorgezogen: „Rosenbestattung“ (Seite 92). Christian

Wagner hat Korrekturfahnen erhalten und sie auch durchgearbeitet, er hatte also die Möglichkeit, seine Absicht durchzusetzen. Da sie jedoch nicht mehr erhalten sind (?), läßt sich auch nicht mehr feststellen, auf wessen Eingriffe hin die Veränderungen zwischen Manuskript und Buch erfolgten. Von den 111 Gedichten dieser Ausgabe sind 93 mit dem Manuskript verglichen worden.
Bei den mitunter kräftigen Tintenstiftkorrekturen durch fremde Hand, bei eigenen Verbesserungen, bei vergilbtem Papier und verblaßter Tinte, habe ich, soweit möglich, die Fassungen Wagners wiederhergestellt. Vor allem bei der Interpunktion war dies nicht immer mit Sicherheit möglich. Bei Wagners eigenen Korrekturen habe ich die letzte Fassung übernommen; Abweichungen sind im Anhang vermerkt. Die durchgestrichene Fassung, Zusätze usw. finden sich zum Teil im Anhang.
Die Überschriften wurden teilweise aus den originalen Inhaltsverzeichnissen übernommen.
Grundsätzlich geändert habe ich: Die Punkte nach den Überschriften wurden weggelassen, ebenso wurden die Verkürzungen „u.“ und „n̄“, „m̄“ zu „und“, „nn“ und „mm“ aufgelöst. Die wenigen anderen Ergänzungen und Änderungen sind im Anhang verzeichnet.

Dankbar benutzt wurde das Verzeichnis der Gedichtanfänge, das Ulrich Keicher erstellt hat.
Für guten Rat, Ermunterung und sonstige Hilfe danke ich: den guten Geistern im Deutschen Litera-

turarchiv zu Marbach am Neckar; Fritz Hackert, Wilhelm Hoerner, Michael und Ulrike Ladwein, Gunhild und Uwe Pörksen, Klara und Otto Schweier, Fritz und Gudrun Vogelgsang, Anneliese und Bruno Wagner sowie einigen Ungenannten.

In Dankbarkeit gewidmet ist dieses Buch drei Menschen: *Albrecht Goes*, der seit sechs Jahrzehnten auf Christian Wagner und seine Werke hinweist; seine 1940 bei LangenMüller in München erschienene Auswahl, ebenfalls unter dem Titel 'Blühender Kirschbaum', beweist, daß man auch in finsteren Zeiten, nämlich im Kriege, vom Friedensreich künden kann: „... im Befehl schließlich zu der Liebe, welche allein diese Erde bewohnbar macht" – so schließt sein damaliges Nachwort.

Werner Kraft (1896–1991) schrieb 1931 das erste Mal über Christian Wagner; schon 1922 hatte er Verse von ihm nach Wien an Karl Kraus gesandt, der sie in seiner 'Fackel' abdruckte. Durch Werner Krafts großen Aufsatz „Christian Wagner" in 'Wort und Gedanke' – in Jerusalem geschrieben – wurde ich im Jahre 1970, am äußersten Zipfel der westlichen Welt, im kalifornischen San José, zum ersten Male auf diesen Dichter aufmerksam. Sein „Als ich im Wald mich erging" und andere Verse hingen sich wie Rosengeschling an mich und ließen nicht mehr los.

Agathe Kunze wies 1973 als erste publizistisch auf den Verfall des Wagner-Hauses in Warmbronn hin und leitete damit seine Rettung ein. Seitdem hat sie unermüdlich die Herausgabe seiner Werke gefördert, so daß diese heute weiter verbreitet sind als jemals zu des Dichters Lebzeiten.

Vor zwanzig Jahren gründete ich Christian Wagners wegen meinen Verlag. Aus dem eisernen Räderwerk seines Alltages heraus schuf und verbreitete er den Zauber seiner Poesie. Der Schatzhauser aus den grünen Wäldern verkündete die Absage an das „Heldentum des Nitroglyzerins“ (im 1. Weltkrieg!), die Botschaft vom bittenden Blau des Vergißmeinnichts und von der möglichsten Schonung alles Lebendigen, tröstlich verheißend:

> Vor tausend Jahren aßen wir zu Morgen,
> Auf tausend Jahre sind wir noch geborgen.

Kirchheim unter Teck, am 4. September 1995

Jürgen Schweier

Anhang

Die Texte dieser Ausgabe sind nach den sieben Manuskriptsammlungen Christian Wagners wiedergegeben, die im Deutschen Literaturarchiv in Marbach liegen. Von den Vorlagen für 'Weihegeschenke' und 'Neue Dichtungen' fehlt jeweils ungefähr die Hälfte; hier wurde die erste Buchveröffentlichung zu Grunde gelegt.

Die Hefte haben ein Format von ca. 16 cm × 20 cm und sind alle mit Feder und Tinte geschrieben.

Korrekturen von fremder Hand wurden – soweit als solche erkennbar – nicht übernommen; bei denen Christian Wagners entschied ich mich in der Regel für die jeweils letzte Manuskriptfassung. Abweichungen sind angegeben. Insbesondere bei der Interpunktion war nicht in allen Fällen mit Sicherheit feststellbar, von wem die Änderungen stammen. Ebenso konnte nicht geklärt werden – Korrekturfahnen sind nicht vorhanden –, von wem die Veränderungen von der Manuskript- zur Buchfassung stammen.

Bei den Gedichten auf folgenden Seiten war kein Manuskriptvergleich möglich: 73, 74, 75, 77, 78ff., 81; 106, 107, 108, 109, 110, 111, 112, 113, 114, 115, 116 und 117.

Die Gedichte auf Seiten 8, 9, 10, 13, 14, 15, 20, 21, 22, 42, 51 und 52 haben im Original keine Überschrift; für meine Ausgabe habe ich sie aus Wagners Inhaltsverzeichnissen genommen. – Die Überschriften auf den Seiten 19 und 108 stammen von mir.

Sonntagsgänge I: Ursprünglicher Titel: 'Sonntagsmährchen'; geändert zu 'Mährchenerzähler, Bramine und Seher', ab der 2. Auflage dann 'Sonntagsgänge'. Datiert: „Warmbronn, im März 1884" (Eine erste Fassung stammt aus dem Jahre 1880); als Buch 1885 erschienen. Die Texte sind in 40 *Sonntagsgängen* angeordnet und weisen keine Fremdkorrekturen, kaum Änderungen durch den Verfasser auf.

Umfang: 177 Seiten; Vorarbeiten, Entwürfe usw. sind, wie bei den anderen Manuskripten, nicht vorhanden (?).

S. 7: Das Anfangsgedicht ist *Sonntagsgänge III* entnommen; dort steht es unter dem Thema „Eigenes Auferstehen". Folgender Prosatext geht ihm voran: „Doch siehe: Jeder Herzschlag bröckelt ein Stück deines Wesens von dir ab, und jeder Athemzug baut wieder daran auf. Du bist nimmer ganz derselbe der du gestern, und gar nicht mehr derselbe der du vor Jahren warst. – Und die abgebröckelten Stücke deines Leibes, wo sind sie nun? Kannst du es wissen?". Im Anschluß an unser Gedicht folgt dann ein weiteres Gedicht zum Leitgedanken.

S. 10, Z. 22: *Gottwillkommen* als Begriff gefaßt.

S. 16: Zunächst hatte Wagner den Text quer angeordnet:

Von der Sprache	*Auf der Sterne*	*Weiten Gründen*
Will ich schwache,	*Will ich ferne*	*Botschaft künden:*

Wohl auf Veranlassung des Verlages stellte er dann auf einem neuen Blatt eine orthodoxe Form des Gedichtes her.

S. 19: Der Titel im Inhaltsverzeichnis lautet „Mohn"; das „Blühende Mohnfeld" im folgenden Prosatext kam mir jedoch schöner vor.

Sonntagsgänge II: „Zweiter Theil. Weitere Mährchen und Balladen." Datiert: „Warmbronn, im Dez. 1886." Als Buch 1887 erschienen. Enthält 30 *Sonntagsgänge* auf 110 Manuskriptseiten. Kaum Korrekturen von fremder Hand; wie bei den anderen Handschriften wurden diese Fremdkorrekturen nicht in allen Fällen in die erste Buchausgabe übernommen.

S. 25, Z. 6: Der Gedankenstrich wurde von mir ergänzt. – Hermann Hesse gibt in seiner Auswahl diesem Gedicht den Titel „Dichter und Muse".

S. 26: *Blühender Kirschbaum* – Im Manuskript lautet die Überschrift: „Blühender Kirschbaum oder Apfelbaum", im Inhaltsverzeichnis: „Blühender Kirsch- und Apfelbaum".

Botanisch handelt es sich um einen Apfelbaum. Ich habe es bei der Überschrift in der ersten Buchveröffentlichung belassen, unter der das Gedicht bekannt ist.

S. 27, Z. 7: Der Bindestrich, der dem Text einen anderen Sinn gibt, wurde von mir ergänzt. Zur Bestätigung siehe den Brief Wagners an Richard Weltrich vom 12.5.1894 (in: Marbacher Magazin Nr. 28, S. 39).

S. 29, Z. 9: Wagner schreibt *eur'*.

S. 36, Z. 1: *Hauslaub* – Immergrün. – Z. 14: *Emmerlinge* – Ammern, insbesondere Goldammern.

S. 46: *Oswald*: Nach diesem Weltenreisenden und seiner weiblichen Hälfte „Klara" ist der zweite Teil der Neuen Dichtungen benannt. An anderer Stelle schreibt Wagner: „Oswald der Seher ist dabei/ Der Wegbereiter/ Des reinen Menschenthumes auf der Leiter/ Der Zukunftsmelodei". – Wagners Geburtstag, der 5. August, ist Oswalds Namenstag (Oswald: Ase – Gott, waltan – walten).

S. 47, Z. 3: *Philomele* – Nachtigall. – Z. 6: *wiederspiegeln* – in der originalen Schreibweise. – Z. 12: Bindestrich von mir ergänzt.

Sonntagsgänge III: „Dritter Theil. Balladen und Blumenlieder." Datiert: „Warmbronn, im Nov. 1888." Als Buch 1890 erschienen. Enthält 40 *Sonntagsgänge* auf 160 Manuskriptseiten; von fremder Hand durchkorrigiert.

S. 48, Z. 1ff.: Wagner hatte zunächst „Tausendmale*n*" und „*S*chlafen" geschrieben; diese Formen wurden dann geändert zu „Tausendmale" und „schlafen" – ich bin mir nicht sicher, ob von ihm selbst. Ich habe die ursprüngliche Fassung übernommen. – Das Gedicht steht unter dem Leitgedanken „Seligkeitswanderungen".

S. 49: Vor über einem Jahrhundert entstanden, unterscheidet sich dieses Gedicht in seiner Schreibweise von der heutigen in gerade vier Buchstaben!

S. 50: Dieser Text wurde aus dem Gedicht „Blutvergießer" (*S. I*, S. 118) herausgelöst.

S. 52, Z. 11: Wagner schreibt: „von de*r* Scheitel".

S. 55: Das erste aus einem Gebilde von vier Rosenliedern; entsprechend wurde der Titel geändert. – Z. 5: Wagner hatte zunächst „*Friedens*worte" geschrieben.

S 56/57: Zahlreiche Korrekturen von Wagner und von fremder Hand machen eine sichere Textfassung schwer.

S. 58, Z. 4: In der ersten Buchfassung haben sich die „Thränenkrüglein" in „Thränenschalen" verwandelt.

S. 61, Z. 3/4: In diesem merkwürdigen Gedicht kommt die wundervolle Verheißung zum ersten Mal vor. – Obwohl es den Zusatz „Unvollendet" trägt, wurde es damals in dieser Fassung abgedruckt.

S. 63 und 66: Das erste und das letzte Gedicht (von sechs Gedichten) unter dem Leitgedanken „Berufung".

S. 64: Typisches Beispiel für die Verwebung von Prosa und Vers.

Weihegeschenke: Datiert: „Warmbronn, im Mai 1892." Als Buch 1893 erschienen. 29 Blatt vorhanden, etwa die Hälfte des Heftes fehlt. Die Texte wurden von Wagner und von anderer Hand stark überarbeitet und korrigiert. Alle Überschriften sind von fremder Hand geschrieben. Viele der Gedichte erscheinen dann in der ersten Buchfassung in wieder anderer Gestalt.

S. 68, Z. 5: *Cyanen* – Kornblumen.

S. 73, Z. 13: *Cassiopeia* – dieses Sternbild trägt auch den Namen „Himmels-W."

S. 81: In einer früheren Fassung trägt das Gedicht den Titel „Der Waldgänger".

Neuer Glaube: „Der Neue Glaube von Christian Wagner von Warmbronn. 1894." (= Erscheinungsjahr). 46 Blatt auf Papier in Löschpapier-Rosa. Kaum Korrekturen.

S. 82 und 83: Die Anführungszeichen an Anfang und Ende der Gedichte wurden weggelassen.

Neue Dichtungen: „Herbstblumen“. Datiert: „Warmbronn bei Stuttgart. Den 5. Aug. 1895.“ Als Buch 1897 erschienen. 138 Blatt (einzelne Blätter herausgeschnitten). Der zweite Teil – „Oswald und Klara“ – fehlt ganz. – In der ersten Buchveröffentlichung wurden dann nicht wenige Gedichte vom einen in den anderen Teil geschoben. – „Lieder der Minne“ (S. 84–94): Im Manuskript heißt es: „~~Meist~~ Theilweise Aeltere Gedichte vom Jahr 1871, nun neu bearbeitet.“ Im Buch wurden sie teils zerstreut, teils weggelassen oder verändert. 11 von den 25 Texten habe ich, in der ursprünglichen Reihenfolge, ausgewählt. In ihnen wird der wohl stärkste schöpferische Schub in Wagners Texten sichtbar: Der Dichter verliebte und verlobte sich.

S. 91, Z. 2: *Cyclamen* – Alpenveilchen.

S. 92: Zunächst war das Gedicht mit „Rosenbestattung“ überschrieben, dieser Titel wurde dann durchgestrichen und durch „Beim Anblick eines blühenden Rosenstocks“ ersetzt; in der ersten Buchveröffentlichung dann ohne Titel und stark verändert abgedruckt: aus den „Maientagen“ wurden „Junitage“, aus den „luft’gen Tennen“ „grüne Tennen“ u.a. Hier kam mir die erste Buchfassung bedeutend schöner vor. – Das Gedicht steht im Buch unter dem Leitgedanken „Seelische Vorübergänge“. – Z. 4: *erdenselig* – hatte zunächst „erdenleidig“ gelautet.

S. 95: Im Manuskript stehen diese beiden Strophen an verschiedenen Stellen.

S. 97: Mittlere der drei Strophen des Gedichtes „Aus meinem Leben“.

S. 98: Zweiter Teil des Gedichtes „Müdigkeit“.

S. 99: In der ersten Buchfassung stark umgearbeitet.

S. 100: Das 1. von 4 Gedichten unter dem Titel „Oden“.

S. 101: 1. und 4. der „Lieder der Bitterkeit“.

S. 102, Z. 4: statt „Heerde“ hieß es zunächst „Pöbel“, in Z. 11 statt „Tyrann“ zuerst „Satrap“. – Wagner hat dieses Gedicht immer wieder verändert.

S. 103: *Viola pensée* – Stiefmütterchen. – Der erste Teil des

Gedichtes war bislang ungedruckt (wie es manches Gedicht von Wagner immer noch ist!).

S. 104: *Apotheose* – Verklärung; Vergöttlichung, Versetzung unter die Götter. – In der ersten Buchveröffentlichung erscheinen die beiden Teile dann getrennt. – Teil 2 trug zunächst den Titel „Pfauenauge".

S. 106, Z. 6: *Felbe* – Weide.

S. 107, Z. 3: *Chrysaliden*, von Chrysalis – Puppenzustand des Schmetterlings. – Z. 7: *Euphorbien*, von Euphorbia – Wolfsmilch.

S. 108: Überschrift vom Herausgeber.

S. 112: Anführungszeichen an Anfang und Ende weggelassen.

S. 113/114: „Der Komet" ist Leitgedanke mehrerer Texte; die beiden Gedichte umrahmen einen Prosatext.

S. 115: Eines der Lieblingsgedichte von Kurt Tucholsky.

Späte Garben: Datiert: „Späte Garben von Christian Wagner – Warmbronn. 1908." Als Buch 1909 erschienen. 121 lose, vom Verlag als Satzvorlage zur Verfügung gestellte Blätter. Da sie unterschiedliche, nicht von Wagner stammende Paginierungen tragen, ist ungewiß, ob die Reihenfolge vom Verfasser stammt. Ich habe dennoch die Anordnung der Gedichte im Buch übernommen – bis auf das Gedicht „Syringen", das eigentlich vor „Nachtkerzen" steht, aber auf die optisch „bessere" rechte Seite kommen sollte. – Der damals berühmte Richard Weltrich war der Bearbeiter der Späten Garben. Christian Wagner hat jedoch wohl nicht alle seiner Korrekturen akzeptiert, sondern mittels der Korrekturfahnen teilweise den eigenen Willen durchgesetzt.

S. 119: *Syringen* – Flieder. – Auch von diesem Gedicht gibt es mehrere handschriftliche Fassungen!

S. 120: Zusatz Wagners – „Maisgraben bei Warmbronn." Dieser zeichnet sich auch noch 87 Jahre später durch einen besonders desolaten Zustand aus!

S. 122: *Allerseelen* – katholischer Feiertag am 2. November (Fürbitte für die Seelen im Fegefeuer).

S. 124, Z. 2: Zusatz Wagners: „Nach Gedanke der ewigen Wiederkehr". – Z. 5: *möge* faßt „Glück und Segen" zu *einem* Begriff.

S. 125, Z. 6: lautete erst: „Lasset sprühn".

S. 126, Z. 9: *Wiesenkönigin* – Mädesüß.

S. 127: Werner Kraft schreibt über den letzten Vers: „Dieser letzte Vers ist einer der größten, die in deutscher Sprache gedichtet sind ...".

S. 131, Z. 11: *Lacerten* – Eidechsen.

S. 132: In der vorletzten Zeile hieß es ursprünglich: „... ein Weib mit einem Ruder"; wohl von Wagner selbst zur jetzigen Version geändert.

S. 135: Das Schlußgedicht stammt aus *Sonntagsgänge II.*

S. 137ff.: *Ernste Worte*: Diese Prosatexte wurden von mir als Proben aus den drei *Sonntagsgängen* herausgelöst, neu angeordnet und mit der Überschrift eines anderen Aufsatzes von Wagner versehen.

S. 137, Z. 13 und 17: im Manuskript verwandte Wagner die definitiven Formen „essen" und „steht"; in Buchform heißt es abgeschwächt „äßen" und „stände" (*S. I*, S. 7).

S. 140, letzter Abschnitt: Erst von einem bei mir Herberge suchenden, höchst lebendigen Pfauenauge wurde ich auf diesen unter anderen Worten verborgenen Text aufmerksam gemacht!

Der Herausgeber

Frontispiz: Alters-Porträt Christian Wagners von „Stadelmann, Leonberg".

Seite 5: Handschrift Wagners vom 2. Mai 1895 in Originalgröße. Variante des Marbacher Manuskriptes.

Überschriften der Gedichte

Anfänge der Gedichte

Die Abbildung auf dem Einband ist ein
Ausschnitt aus der „Landschaftsdarstellung“ (1909)
von Ernst Ludwig Kirchner.

ISBN 3-921829-33-X

2., durchgesehene Auflage
Im Herbst 1999 in 1000 Exemplaren hergestellt

Satz: Typomedia Satztechnik GmbH, Ostfildern
Druck: Offizin Chr. Scheufele, Stuttgart